예티와 나 — 코아 편

예타와 나
— 코아 편

초판 1쇄 2025년 3월 26일

지은이 김영리

출판책임 박성규
편집주간 선우미정
기획이사 이지윤
편집진행 이동하
디자인 하민우
편집 이수연·김혜민
마케팅 전병우
경영지원 김은주·나수정
제작관리 구법모
물류관리 엄철용

펴낸이 이정원
펴낸곳 도서출판 들녘
등록일자 1987년 12월 12일
등록번호 10-156
주소 경기도 파주시 회동길 198
전화 031-955-7374 (대표)
031-955-7382 (편집)
팩스 031-955-7393
이메일 dulnyouk@dulnyouk.co.kr

ISBN 979-11-5925-931-9 (03810)

값은 뒤표지에 있습니다. 파본은 구입하신 곳에서 바꿔드립니다.

예티와 나

코아 편

김영리 장편소설

푸른들녘

차례

4부 아래에서 위를 향해

5부 끝에서 다시

3부
세상에서 가장 큰 우산

잊지 않았어

"더 빨리 갈 수 없어요?"

이연은 차의 중간 유리문을 두드렸지만, 운전대를 잡은 장령은 대답이 없었다. 차가 덜컹거리자 병사가 흘린 피가 바닥에 번졌다. 병사는 계속 신음했다.

"이연, 어떻게 해야 해? 내가 뭘 해야 해?"

누누이의 눈빛에서 이 사람을 살리고 싶다는 간절함이 느껴졌다. 이연은 저고리를 벗으면서 말했다.

"지혈부터 해야 해. 피가 나오는 부분을 막아."

누누이는 차 바닥에 무릎 꿇은 후 병사의 어깨를 손바닥으로 눌러 이연이 가르쳐주는 대로 지혈했다. 하지만 병사는 누누이의 손길을 거부했다.

"도, 도와줘. 이 괴물 좀 제발…."

누누이는 괴물이란 말에 어깨가 쪼그라들었다. 누누이가 쭈뼛거리면서 파랑을 보았지만, 파랑은 입을 꾹 다물고 손끝 하나 움직이지 않은 채 오직 병사만 보고 있었다. 병사는 파랑이 설화도에 도착한 순간부터 깡마른 그를 놀잇감으로 점찍은 후, 배부른 고양이가 쥐를 가지고 놀듯 매일 천군의 약방으로 찾아와 그를 괴롭혔다. 바로 오늘 아침까지도. 파랑의 눈에는 병사가 괴물로 보였다.

"기파랑! 왜 멍하니 있어? 이 사람 좀 잡아!"

이연이 소리치자 파랑은 주먹을 쥐었다가 편 뒤 병사 쪽으로 다가갔다. 한사코 누누이를 거부하던 병사는 파랑의 손은 거부하지 않았다. 자신이 괴롭히던 놈이었지만 그래도 파랑은 인간이니까. 파랑은 지혈하면서 그를 향해 낮게 말했다.

"살아서 죗값 받아. 꼭."

병사는 입을 뗐으나 소리가 나오지 않았다. 눈을 천천히 감았다가 뜨더니 이내 초점 잃은 눈동자가 뒤로 넘어갔다. 누누이는 파랑과 함께 병사의 어깨를 손바닥으로 눌러 지혈했고 이연이 제 저고리를 둘둘 감아 병사의 어깨를 단단히 묶어 주었지만, 그는 곧 기절했다.

"피를 너무 많이 흘렸어요. 수혈부터 해야 해요."

침묵하던 장령이 백미러로 흘깃 본 후 건조하게 말했다.

"여긴 해저터널이야. 규정 속도 이상으로 달리면 위험해."

"이 사람도 위험해요. 치료하려면 더 빨리 육지로 가야 한다고요!"

"설화도에서 의원 노릇을 했다더니 진짜 의사라도 된 것 같아? 사람만 보면 본능적으로 살리고 싶은 건가? 그놈이 어떤 죄로 교도소에 간 줄 알긴 해? 돈 몇 푼 훔치려고 아파트 경비를 죽였어. 너나 기파랑과는 급이 달라."

이연은 말없이 고개를 돌려 파랑을 보았다. 병사가 기절하자 파랑은 그제야 제 상태를 인지했다. 온몸을 피로 뒤집어써서 혼이 반쯤 나가 있었다. 누누이가 제 털로 피 묻은 파랑의 손을 닦아주었다. 하얀 털이 피에 물들어 갔지만 누누이는 개의치 않았다. 누누이의 행동에 파랑은 먹먹하게 그를 보았다.

이연은 다시 고개를 돌려 장령의 뒤통수를 보며 말했다.

"은행 CCTV 영상을 봤어요. 파랑 역시 돈 몇 푼 때문에 사람을 총으로 쐈어요."

"아, 그 경찰?"

이연은 파랑의 심문 과정에서 동료가 쓰러진 것에 대해 격분하던 경찰이 떠올랐다. 제대로 된 경찰이라면 응당 그렇게 반응할 텐데, 이 자는 뭐지? 순간 등골이 서늘했다. 지난 일 년 동안 설화도에서 천군이 그들의 통치자라고 생각했다. 그런데 알고 보니 그는 범죄자 출신의 악랄한 사기꾼이었다. 겉으로 드러난 허울에 속는 건 한 번이면 족했다.

"당신, 경찰 맞아? 어떻게 동료가 죽었는데 '그 경찰'이라고 아무렇지 않게 말할 수 있지?"

지금 가는 곳이 혹시 제2의 섬은 아닐까? 새삼 이 모든 상황이 의심스러웠다. 파랑은 그 길을 정말 몰랐을까. 이연은 여태 파랑에 대한 기억이 떠오르지 않았다. 만약 기억의 문제가 아니라 진실의 문제라면? 토굴을 통과할 때부터 들러붙었던 찝찝함이 삐죽삐죽 솟아 의심으로 변했다. 누누이와 함께 어떻게든 이들을 따돌려야겠다고 결심하는데, 장령이 불쑥 말했다.

"기파랑이 은행에서 쏜 총에 맞은 경찰이 나야."

이연은 믿을 수 없다는 눈으로 파랑을 보았다. 파랑이 고개를 끄덕였다.

"천군의 병사로 그 섬에 가기 위해 장령 아저씨와 모든 걸 꾸몄어."

"대체 왜?"

"왜겠어."

"모르겠는데?"

"…섬에 갇힌 널 구하려고."

누구 하나 소리내지 않았다. 장령은 앞만 보며 운전하고 있었다. 섬에서부터 육지까지 거리가 꽤 멀었다.

"육지까지 도착하려면 몇 시간은 더 달려야 해. 좀 자둬. 먹을 건 박스에 있으니까 알아서들 꺼내 먹고. 도착하면 치료든 뭐든 하자고."

건조한 말투에서는 인간미라고는 느껴지지 않았지만, 지금은 그것 외에는 달리 방도가 없었다. 커다란 바퀴가 굴러가는 소리와 자동차 엔진 소리가 트럭에 꽉 들어찼다. 파랑은 뒤쪽에 등을 기댄 채 간간이 병사의 상태를 확인했다.

무거운 침묵을 깨고 누누이가 이연에게 물었다.

"어떻게 설화도에 오게 된 거야?"

"나중에."

"지금 해주면 안 돼?"

이연은 눈을 돌려 파랑을 보았다. 파랑은 피로가 몰려오는지 어떻게든 잠을 쫓아내려고 주먹으로 눈을 비비고 있었다. 장령의 뒤통수로 시선을 옮겼다가 다시 누누이에게로 향했다. 흔들리는 차 안, 이연은 오직 누누이만 보았다. 어디서부터 이야기해야 할까. 이연은 가라앉은 목소리로 입을 열었다.

"기억나? 내가 어렸을 때 연구소에서… 날 이용해 너의 능력을 끌어내려고 했던 거?"

"응."

누누이는 무겁게 고개를 끄덕였다. 누누이가 실패작이라는 것을 인정할 수 없었던 윤희연은 누누이와 어린 딸이 교감하는 것을 이용해 어떻게든 누누이가 털 속으로 산성눈을 빨아들이게 만들려고 했지만, 누누이는 아무것도 하지 못했다. 의지의 문제가 아니었다. 애초에 제 능력을 벗어난 일이었다. 더는 춤도 추지 않으려고 하자 윤희연은 바닥에 전기를 흘려 강제로 춤을 추게 시켰다. 어린 이연은 실험실 바깥에서 유리를 두드리며 그러지 말라고 소리를 지르며 울었다.

윤희연의 비정함에 충격을 받은 보모는 어린 이연을 보호하기 위해 더는 연구소로 아이를 데리고 가지 않았다. 어린 이연은 매일 보모를 붙잡고 울며 애원했다. 누누이를 도와달라고. 누누이를 제 옆으로 데려와 달라고.

"할머니는 연구소에 다시 찾아갔지만 그땐 이미 늦은 뒤였어.

네가 없었대. 다른 곳으로 멀리 갔다고 하더라고. 나는 만나는 사람마다 붙잡고 널 찾아달라고 했어. 부모님은 그런 날 부끄러워했지. 유치원도 갈 수 없었고 집 밖으론 한 발짝도 나갈 수조차 없었어. 난 철저하게 숨겨졌어."

짐승처럼 날뛰는 어린 이연을 진정시키겠다며 모두가 누누이의 존재를 부정하기 시작했다. 상상의 친구였다고. 그건 현실이 아니라고. 이연은 몇 년을 집에 감금된 채 홀로 싸웠다.

아니야. 누누이는 진짜야.

보모는 그런 이연을 바라보며 맞다고도, 차마 아니라고도 말하지 못했다. 정신과 의사가 어린 이연의 상태가 나아지기 위해서는 절대 누누이의 존재를 인정해서는 안 된다고 했기 때문이다. 보모는 모든 게 제 탓이라며 어린 이연을 안고 매일 함께 울었다.

이연은 잊고 있던 날들이 슬픔을 파도처럼 몰고 와 가슴을 때리자 목이 메 그다음 말을 잇지 못했다. 파랑이 옆에서 이연 대신 말을 이었다.

"나랑 이연은 채팅으로 처음 알게 됐어. 이연이 열 살, 내가 열다섯 살 때. 그때 난 검정고시 끝내고 집에서 대학 과정을 선행하고 있었거든."

"채팅?"

누누이가 묻자 파랑이 어떻게 해야 쉽게 설명할 수 있을지 고민한 끝에 말했다.

"인터넷으로 대화하는 거야. 멀리서 각자 컴퓨터로 글을 써서 대화하는 거지."

누누이는 아리송한 표정으로 고개를 갸웃했고, 이연 역시 미간을 좁힌 채 파랑을 보았다. 파랑은 믿을 수 없다는 눈으로 이연을 보며 물었다.

"설마 너 그건 기억 안 나?"

"할머니가 나를 컴퓨터 앞에 앉히고 새로운 친구를 소개해 주겠다고 했던 건 기억나는데, 그게 너였다고?"

"저 녀석과 관련된 건 다 기억하면서 나는 모른다는 게 말이 돼? 너무하네 진짜. 너 일부러 그러는 거지?"

"…채팅이었다며? 너라는 증거 있어?"

"와아, 내가 누구 때문에 거기까지 갔는데."

"계속 나 때문이라고 우기고 싶은가 본데 대체 너야말로 왜 그런 건데?"

이연은 파랑을 빤히 보며 물었다. 정말로 궁금했다.

"뭐냐고. 대체 왜."

파랑은 뾰로통하게 입을 내민 채 이연을 한참 쏘아보다가 파리를 쫓듯 손을 내저으며 씁쓸하게 말했다.

"그 약 때문인가. 보통은 기억 유도제를 먹으면 다 떠오르던데."

"무슨 약? 설화도 우물에 풀어진 약?"

"네가 어렸을 때부터 그 사기꾼 같은 정신과 의사한테 처방받은 약. 아무래도 그거 때문에 기억에 부분적으로 구멍이 생긴 것 같

아. 그 구멍의 범주에 왜 하필 내가 들어간 건지는 모르겠지만."

이연은 열다섯 생일날은 또렷하게 기억났다. 밤늦게 은밀히 정신과 의사를 만나러 갔고, 약을 먹고 오피스텔로 돌아왔을 때 여자 경호원이 자신에게 콜라를 건넸다. 검은 점을 조심하라고 경고했고, 선물로 받은 패드로 해킹했는데…. 이연은 그날을 곱씹었다. 파랑과 이연을 번갈아 보던 누누이가 조급해하며 물었다.

"내가 설화도에 있는 건 어떻게 알게 된 거야?"

"삼 년 전 생일날 너를 다시 봤어. 마법의 눈 CCTV를 통해."

그날의 일에 대해서 알려주었다. 누누이를 다시 확인하려고 화장실로 들어갔을 때 날아온 쪽지 부분에 이르자 이연의 눈이 파랑에게로 향했다.

"'오랜만이야 심연.' 그 채팅 쪽지가 혹시 너였어?"

"당연하지." 파랑은 이연이 기억하지 못하는 부분을 채워주었다. "네가 열한 살이 되던 해에 넌 감쪽같이 사라졌어. 네 아빠가 일간지 인터뷰에서 네가 해외로 유학하러 갔다고 해서 나도 그런 줄 알았어. 채팅도 끊겼지."

윤희연은 이연이 열한 살이 되자 보모를 해고했다. 사사건건 고용주를 가르치려 들고 무조건 이연 편에 서는 보모가 눈엣가시였다. 그때부터 이연은 철저하게 혼자였다.

"다시 너를 찾아낸 건 그로부터 사 년이 지난 후였어. 도심 외곽의 오피스텔에서 철저하게 통제당하고 있더라. 몇 번이나 시도한 끝에 겨우 대화하는 데에 성공했지."

그때부터 이연은 마법의 눈을 통해 설화도에 관한 자료를 모으기 시작했다.

설화도에서 하는 실험은 세 가지였다. 첫째, 인공 나무가 탄소를 얼마나 효과적으로 제거하는가. 그건 허울 좋게 내세운 명분일 뿐 연구는 제대로 이루어지지 않았다. 둘째, 기후 악화로 인한 피해는 어느 정도인가. 사람들이 죽어가는데도 고위 관계자들은 조처하지 않았다. 셋째, 기억상실 유도제. 공용 우물을 통해 그 효과와 진행 속도, 부작용을 확인하려고 설화도 사람들에게 은밀히 임상실험을 해왔다.

망태 할아버지는 마법의 눈 개발자였고, 의원은 기억상실 유도제 개발자였고, 아주머니는 설화도를 조사하던 기자였다. 설화도 주민들은 블루스카이 프로젝트에 방해되거나 정부에서 숨기고 싶은 자들이었다.

증거를 모아서 터뜨리기 직전 꼬리가 잡혔다. 이연이 평소와 다르게 너무 조용하게 지내자 정부 요원이 마법의 눈 CCTV 영상을 다시 철저하게 조사했고, 반복적으로 보였던 이연의 일상이 조작되었다는 것을 발견했다. 곧 정부 요원들이 오피스텔로 들이닥쳤고 이연이 준비한 자료는 발견 즉시 파기되었다.

그렇다고 포기할 이연이 아니었다. 이렇게 된 거 자료 해킹은 막혔으니 진짜 원본을 들고나올 계획이었다. 누누이도 직접 구하고.

하지만 이연이 간과한 게 있었다. 블루스카이의 비밀을 감추기 위해서라면 위에서는 못 할 짓이 없었고, 이연은 윗선의 지시로 불시에 기억상실 유도제에 당한 후 설화도로 옮겨졌다.

그래서 이연은 설화도에 들어가서도 누누이에게로 곧장 가지 못한 것이었다. 병사들의 감시로 소도에 갇힌 누누이는 이연이 자신을 만나기 위해 설화도에 왔다는 사실조차 알지 못했다. 둘은 같은 공간에 있으면서도 오랜 시간 서로의 존재를 알지 못했다. 그들의 잘못은 아니었다.

누누이는 이연을 껴안고 축축하게 젖은 목소리로 말했다.

"날 위해 설화도로 왔어. 이연은 날 잊지 않았어."

이연은 아무 말도 하지 못했다. 파랑이 코를 쓱 닦으며 다른 곳으로 고개를 돌렸다. 눈에 눈물이 고여 있었다. 아주 먼 길을 돌고 돌아 여기까지 왔다. 그런데 아직 끝난 게 아니었다. 이제 시작이었다.

차가 멈추었다. 그들은 코아 본토에 도착했다.

블루스카이

“엄마는 세상에서 가장 큰 우산을 들고 있는 사람입니다. 블루스카이가 여러분의 엄마가 되어 드리겠습니다. 여러분의 머리 위에 사랑을 씌워드리겠습니다.”

기후 시스템 블루스카이 광고가 도시 곳곳에서 반복적으로 재생되고 있었다. 후드를 쓴 이연이 대형 전광판을 올려다보고 있었다. 감춰지지 않는 속내가 얼굴에 고스란히 드러났다.

“저런 쓰레기 광고는 누가 만든 거야?”

“크리스탈 리.”

“외국 사람?”

“…너도 아는 사람이야.”

파랑이 주저하며 말한 대답에 이연은 한 사람이 바로 떠올랐다. 설화도 주민들은 발견될 당시 모두 웃옷에 명찰이 붙어 있었다.

— 38, 이수정.

“설마… 수정 언니가 저걸 만든 사람이라고?”

“응.”

담백한 대답에는 씁쓸한 뒷맛이 눌러져 있었다. 코아 정부와

협업해서 블루스카이 광고를 전담하던 크리스탈 리는 잘 나가는 광고 제작자였다. 어느 날 그녀가 자주 가는 편의점에서 한 남자가 다가와 말했다. 당신이 한 광고는 쓰레기라고. 남자는 그녀에게 기밀 자료를 건넸다.

허울 좋은 블루스카이에 감춰진 설화도의 진실은 끔찍했다. 그런데도 사람들은 그녀가 만든 광고 때문에 블루스카이를 마치 국민의 어머니처럼 여기고 있었다. 약하고 무지한 아이 같은 국민을 매일 같이 보호하는 어머니, 블루스카이. 그들을 위해 든든하게 버팀목이 되어 지켜주는 아버지, 정부…. 아주 오래전, 백성을 아이에, 신하를 어머니에, 왕을 아버지에 비유해 널리 퍼뜨린 향가의 한 구절처럼. 그 노래를 지으라고 명을 내린 자는 난세가 될까 우려한 어느 왕이었다.

내게 주어진 일을 너무 잘한 죄라고 수정은 자책했다. 무거운 책임감을 느낀 그녀는 거짓된 진실을 바로잡기 위해 최대한 자료를 모으며 코아 국민에게 퍼트릴 날만 기다리고 있었다. 편의점에서 찾아왔던 남자 역시 적극적으로 그녀를 도왔다. 오랫동안 준비한 진실을 세상에 발표하려던 디데이에 두 사람은 실종되었다.

"설화도로 납치된 거구나?"

"크리스탈 리가 블루스카이 7차 광고를 거절한 후 정부에서 감시조를 붙였거든."

"기밀 자료를 보여준 남자는 누구야?"

"진구 형은 오래전부터 수정 누나를 좋아했어."

일 년 전 이연이 설화도에서 눈을 떴을 때만 해도 진구와 수정은 철천지원수처럼 앙숙이었다. 그들이 친해지게 된 건 이연 때문이었다. 눈을 맞아 사경을 헤맬 때 진구와 수정이 바쁜 의원 대신 밤새 함께 이연을 돌보았다. 이연이 다시 눈을 떴을 때 그들의 사이는 미묘하게 달라져 있었다.

이연에게 그들의 사랑은 지옥 같은 섬에서도 우리도 우리만의 이야기를 만들 수 있다는 희망이었다. 하지만 설화도에서 내린 죽음의 눈 때문에 결국 진구와 수정은 죽었다. 이연은 바늘이 빼곡하게 꽂힌 공에 맞은 것처럼 가슴이 아려왔다. 낮게 가라앉은 목소리로 파랑에게 물었다.

"넌 그걸 어떻게 속속들이 다 알아?"

"나도 그들처럼 '지키'거든."

지키라는 게 뭐냐고 물으려는데 그들 옆으로 사람이 걸어왔다. 이연은 몸을 돌리고 입을 닫았다. 캡모자를 눌러쓰고 후드까지 뒤집어썼지만 눈썰미 좋은 사람이 혹여 자신을 알아볼까 두려웠다. 밖에서 한가하게 나눌 이야기도 아니었다.

파랑과 이연은 고개를 푹 숙인 채 편의점으로 들어갔다. 이것저것 에코백에 담은 후 현금으로 계산하고 나왔다. 거리로 나온 이연은 물병 뚜껑을 돌리려다 멈칫했다.

파랑이 속내를 꿰뚫은 것처럼 말했다.

"기억상실 유도제는 시중에 유통되지 않았어. 아직은."

이연은 그런 파랑이 어색했다. 좋다 나쁘다를 결정할 만큼의 기억이 부족했다. 기억은 두더지 게임처럼 제멋대로 튀어나왔는데 파랑에 대한 기억은 아직이었다. 기억이 빨리 떠오르길 기다리는 쪽은 이연보다는 오히려 파랑 쪽이었다. 파랑은 아이스크림 사달라고 보채는 아이처럼 한 번씩 나는 아직이냐고 물어왔다. 그럴 때마다 이연은 좀 떨어지라며 눈을 위아래로 치켜떴다. 이연은 파랑에게 유독 쌀쌀맞게 굴었다.

이연은 물을 한 모금 마신 후 혼잣말처럼 중얼거렸다.

"괜찮을까."

물을 보자 설화도 사람들이 새삼 걱정되었다. 급류에 휩쓸리듯 장령의 차를 타고 빠져나온 이후 그들이 어떻게 되었는지 소식도 듣지 못한 상태였다.

"만약 천군이 설화도 사람들을 제압했다면 해저터널로 천군의 병사들이 움직였을 거야. 너와 누누이가 도망갔다는 게 밝혀지면 천군도 끝이니까. 근데 아직 조용하잖아. 그러니까 괜찮을 거야."

파랑이 위로했지만 이연은 딱딱하게 굳은 표정을 풀지 않았다. 몇 시간 전, 장령은 코아에 도착하자마자 병사를 데리고 나갔다. 병원 응급실로 간다고 했는데 그때는 그 말을 믿을 수밖에 없었다. 미심쩍은 부분이 남아 있었지만 이연은 장령을 믿기로 했다. 그래서 누누이도 맡기고 밖으로 나온 것이다.

"근데 블루스카이니 뭐니 하는 건 누구 머리에서 나온 똥이야?"

"누군진 모르지만 처음부터 나쁜 의도는 아니었을 거야. 음, 종이봉투에 쓰이는 나무가 안타까워서 만든 게 비닐봉지래. 최선의 의도가 최악의 결과를 낳은 거지.” 파랑은 씁쓸하게 말을 이었다. “블루스카이 시스템을 만든 것도 비닐봉지처럼 처음부터 나쁜 의도는 아니었겠지. 모두에게 도움이 되려고 그런 걸 거야.”

블루스카이와 같은 조직적인 기후 조작 전에 기상 상태를 바꾸는 일은 종종 있었다. 구름에 인공적인 영향을 주어 비나 눈을 내리게 하는 인공강우가 대표적인 날씨조절기술이었다. 항공기를 이용해 인공적으로 구름 내부에 요오드화은 같은 화학물질을 살포하면 구름씨가 만들어졌고 그 구름씨에서부터 비가 만들어져 지상으로 떨어지는 것이다. 하지만 그 효과는 기껏해야 반나절 정도였다. 올림픽 같은 전 세계적인 특별한 행사를 위해 무리해서 시행하는 것을 제외하고 일상에 적용하기에는 의미 없는 사치고 낭비였다.

“‘모두’에게는 아니야. 섬 사람들한텐 설화도는 지랄 맞은 곳이었어. 블루스카이와 설화도는 처음부터 한 세트였고. 도움은 개뿔. 대체 살아남는 자와 사라지는 자를 누가 정하는 건데? 그 권리를 누가 준 거야?”

이연이 ‘빡친 심연’ 모드로 변신하려고 하자 파랑이 한발 물러서며 빠르게 선을 그었다.

“난 아니야.”

분으로 얼룩진 이연이 혼자 씩씩거리는데, 신뢰감 있는 중후한 목소리가 들려왔다.

“살고 싶은 첨단 도시, 새로운 미래를 코아와 함께합니다.”

대형 전광판에서 확성기 같은 음성이 울리고 있었다. 전광판에 '앞으로 5년 더! 기호 1번 심명근과 함께' 자막이 올라왔다. 코아는 현재 선거 유세 기간이었다.

"설화도에선 사람이 죽어가는데, 여긴 대통령 선거 중이라고? 하."

전광판을 죽일 듯이 쏘아보았다. 저런 사람이 혈육이라는 게 믿어지지 않았다. 주먹이 꽉 쥐어졌고 눈에 핏발이 섰다. 파랑이 가까이 다가가 어깨를 토닥이듯 나직이 말했다.

"너랑 네 아버지 하나도 안 닮았어. 이목구비는 네 엄마랑 닮긴 했는데, 그건 그냥 생김새일 뿐이야. 넌 저 사람들과 달라."

가족은 태어날 때부터 주어진다. 내가 선택한 게 아니다. 이연도 알고 있었다. 그렇다고 철벽 치듯 선을 그어도 될까? 그래도 가족인데. 이연은 심명근의 머리에서 눈을 떼지 못했다. 심명근의 머리카락도 이연처럼 심한 곱슬머리였다. 외모가 곧 자기소개 명함이 된 듯 이연은 스스로가 누가 봐도 그의 딸처럼 보일 거라고 생각했다.

물을 벌컥벌컥 들이켠 후 마스크를 꺼내 썼다. 고개를 푹 숙인 채 누누이와 장령이 기다리는 아지트로 걸어갔다. 순찰차 옆을 지나갈 때 후드를 뒤집어쓴 머리를 더 푹 숙였다. 물병을 에코백에 집어넣는 척하며 파랑은 어디 있나 살펴보는데, 옆에 없었다. 황급히 주위를 둘러보니, 거리 한가운데 그가 놓고 간 에코백만 덩그러니 놓여 있었다. 기가 막혔다. 파랑이 버리고 간 에코백까지 다른 팔에 들었다. 한 번에 다 들려니 꽤 무거워서 잇새로 끙 소리가 절로 나왔다.

이연이 파랑을 찾은 곳은 아지트로 가는 골목 사잇길이었다. 이제부턴 네가 들라면서 에코백을 바닥에 내리며 쏘아붙였다.

"어쩜 다람쥐처럼 재빠르기도 해라. 너만 살자고 내뺀 거야?"

"난 전과자란 말이야. 날 알아보면 어떡해."

"장령인가 하는 사람이 경찰이라며? 근데 뭐가 걱정이야?"

"모든 경찰이 우리 편은 아니야."

파랑은 끙끙거리며 에코백을 손에 들고는 저만치 앞서가는 이연의 뒤를 종종 쫓아갔다. 아지트는 후미진 골목 끝 다 쓰러져 가는 건물 지하에 있었다. 계단을 내려가 지하 6층에 다다랐을 때 안쪽에서 왁자지껄한 소리가 들렸다. 노출된 건가? 걱정스러운 마음에 황급히 문고리를 돌렸다. 그런데 예상치 못한 광경이 눈앞에 펼쳐져 있었다. 창고처럼 비어 있던 아지트에 사람들이 꽉 들어차 있었다. 너무 시끄러워서 그들은 이연과 파랑이 온 줄도 몰랐다.

수다를 떨며 먹고 마시는 사람들 사이에 누누이가 있었다. 누누이가 활짝 웃으며 이연을 향해 손을 흔들었다.

"사람들이 나보고 실물이 더 귀엽대!"

지키

그들은 모두 지키였다.

파랑은 오랜만이라면서 지키들과 반갑게 인사를 나눴다. 얼굴이 수척해졌다며 걱정하는 말이 그에게 쏟아졌다. 한편 이연은 출입문에 꼿꼿하게 서서 그들을 보고 있었다. 모두가 한 데 어울려 즐거워 보이는 가운데 자신만 섬처럼 외따로 떨어져 있는 것 같은 기분이었다.

오랜만에 자기소개를 하자며 빨강 머리가 나섰다. 모두 주섬주섬 수건돌리기 대형으로 앉아 이연만 쳐다보았다. 이연이 첫 타자였다. 이연은 마스크를 벗고 쭈뼛쭈뼛 입을 열었다.

"심이연이에요."

짧은 침묵 뒤로 지키들이 이연을 흘깃거리며 숙덕였다.

"그 사람 딸이야?"

"진짜 딸이 있었어. 대애박."

그들은 이연을 빤히 쳐다보고 있었다. 코아 곳곳에서 집요하게 감시하던 초소형 카메라들. 설화도에서 아무도 모르게 사람들을 관찰하던 '마법의 눈'이 머릿속에 찌르듯이 떠올랐다. 지금 자신을 향해 쏟아지는 시선들 역시 이연은 그 검은 점들처럼 느껴졌다. 다 필요 없어. 기파랑의 말만 믿고 여기 온 게 잘못이었다.

이연은 자리를 박차고 일어나 누누이를 향해 나가자고 했다.

"여긴 다 지키들이야. 근데 너랑 난 아니잖아."

"나도 지키야."

누누이는 천진한 표정으로 손을 들어서 보여주었다. 손바닥에 '지키' 도장이 꾸욱 찍혀 있었다. 먹고 마시고 노는 사이 새빨갛게 염색한 숏커트 여자가 누누이에게 도장을 찍어준 것이다. 이연이 고개를 들어 빨강 머리를 노려보며 비틀린 목소리로 날카롭게 말했다.

"우릴 가지고 장난치는 거야."

"장난 아닌데?"

빨강 머리는 고개를 옆으로 누이며 담담한 어조로 말했다. 한가로운 말투와 달리 눈빛만은 그 누구보다 진지했고 뜨겁게 일렁이고 있었다. 빨강 머리와 이연 사이에 팽팽한 긴장감이 사선으로 이어졌다. 빨강 머리가 뒤로 몸을 젖히며 파랑 쪽으로 고개를 돌렸다.

"파랑아, 너 심연한테 약 준 거 맞아?"

"사람마다 약효가 나타나는 시간이 달라서 그런 것 같아요."

"둘이 뭔데? 왜 아는 척이야?"

이연이 독이 오른 짐승처럼 사납게 말하자, 빨강 머리가 얼굴에서 웃음기를 지우고 다가가 손을 턱 잡았다. 주머니에서 특수 손전등을 꺼내 비추자 이연의 손바닥에도 누누이의 손바닥에 찍혔던 것과 똑같은 표시가 나타났다.

ㅈㅣㅋㅣ.

"심연, 너도 우리처럼 지키야."

지키 도장은 특수 잉크가 피부에 스며들어 특수 손전등을 비추면 표식이 드러났다. 다른 지키들이 능글능글 웃으며 이연에게 다가왔다.

"장난 좀 쳤다고 삐친 건 아니지? 그건 심연답지 않다?"

"너무 걱정하지 마. 곧 기억이 돌아올 거야."

"고새 머리카락 많이 자랐네. 키는 고대론데."

어깨를 스스럼없이 부딪쳐 오는 그들의 행동에 이연은 금붕어처럼 입을 벌린 채 대꾸도 하지 못했다. 나름의 다정한 인사가 끝나자 그들은 오랜만의 만남을 축하하며 다시 먹고 마셨다.

"종미 누나 기억 안 나?"

파랑이 빨강 머리를 가리켰다.

"내가 저 여자를 안다고? 난 저 여자를 오늘 처음… 어."

콜라병을 감싼 빨간 포장지, 종미의 빨강 머리…. 이연은 삼 년 전 열다섯 생일이 다시금 떠올랐다. 자신에게 의뭉스러운 콜라를 건넸던 신입 경호원의 얼굴. 눈꼬리를 길게 빼고 섀도로 화려하게 장식한 종미의 얼굴에서 진한 화장을 지우면 그 수수한 얼굴의 신입 경호원이 보였다.

이연은 동체 시력이 남달랐고 눈썰미 역시 좋았지만 지난 일 년 설화도에 있으면서 더는 옛날 같지 않았다. 누누이가 하던 말이 떠올랐다.

사람들은 아파. 몸만 아픈 게 아니야. 머리도 아파.

설화도에서 곳곳에 설치된 마법의 눈을 진즉에 알아보지 못한 것은 우연이 아니었다. 기억상실 유도제 때문인지 산성눈을 오래 맞아서인지 아니면 그 두 가지가 제 안에서 칵테일처럼 섞여 불길한 폭탄을 만든 것인지 알 수 없었지만, 전과 달라졌다는 것은 확실했다. 다시 돌아올까. 예전의 나를 되찾을 수 있을까.

이연은 종미를 알아보지 못한 것을 변명하듯 말했다.

"머리카락이 칠흑처럼 까맸는데."

"종미 누나가 네 경호원으로 들어가려고 염색할 때 진짜 툴툴댔어. 까만 물 들이면 다시 염색해도 빨간색이 예쁘게 안 나온다고. 환경운동가가 저렇게 염색에 진심인 거 너무 아이러니하지 않아?"

파랑은 진짜 이상한 누나라며 이연을 보며 웃었다. 이연은 함께 웃을 수 없었다. 자신도 지키들을 빨리 떠올리고 싶었다. 그래서 함께 농담하며 웃고 싶었다. 하지만 여전히 이연에게 기억은 불친절했다.

이연은 종미를 턱짓으로 가리키며 파랑에게 물었다.

"저 사람이랑 친해?"

"징글징글하지. 날 지키로 데려온 게 저 누나거든. 제대로 된 식물학자가 필요하다면서 다짜고짜 내 앞에 나타났었어."

"난 어떻게 지키가 된 거야?"

"넌 내가 끌어들였지. 물귀신처럼. 흐흐."

"농담하지 말고."

"블루스카이를 조사하다가 네가 오피스텔에 갇혀 있다는 걸 알게 됐어. 그래서 지키들에게 네 얘기를 했고 곧 너와 접촉할 계획을 짰지. 그래서 종미 누나가 신입 경호원으로 잠입해서 들어간 거고. 근데 그날 네가 해킹해서 누누이를 본 거야. 넌 지키로 활동하면서도 언제나 마음은 설화도에 가 있었어. 소도에 갇힌 누누이에게만."

파랑의 말에는 거짓의 구멍이 보이지 않았다. 미간을 좁힌 채 이연은 장령에게로 눈을 돌렸다. 장령은 심각한 얼굴로 뉴스를 확인하고 있었다.

파랑이 장령을 턱짓으로 가리키며 설명을 이었다.

"장령 아저씨는 아내 때문에 여기 들어오게 됐어."

장령의 아내는 환경 단체 지키 대표로 활동했다. 그가 쉬는 날이면 그녀는 단체 일 좀 도와달라며 그를 끌어들였다. 덩치가 큰 그에게 잘 어울린다면서 시위 때마다 북극곰 의상을 입히곤 했다. 장령이 불평할 때면 그의 아내는 자꾸 툴툴대면 걷기도 힘든 펭귄 복장을 가져오겠다고 으름장을 놓았다며, 파랑은 금실이 좋았던 그들을 추억했다.

이연은 그녀에 관한 이야기가 과거형으로 끝나자 긴장했다. 파랑은 말을 이었다.

"그런데 어느 날부터 기억이 깜빡깜빡하셨대. 대수롭지 않게 여겼지만 계속 반복되니까 걱정돼서 병원 가서 검사도 하고 치매 치료제도 타왔는데 별 효과가 없었나 봐. 그러다 집으로 돌아오는 길을 찾지 못해서 거리를 헤매다가 교통사고로 돌아가셨어."

"사고 당시 기억이 안 난 건 어떻게 알게 된 거야?"

"CCTV와 행인들 목격자 진술로. 장령 아저씨가 경찰 고위 간부잖아."

갑작스러운 아내의 기억상실과 교통사고가 미심쩍어서 혼자 더 조사해 보니, 운전자는 다수의 전과 이력을 지닌 범죄자였다. 그는 약식 재판 후 교도소로 이송됐다는 서류만 있을 뿐 실제 그곳에 없었다. 모든 인맥과 데이터망을 이용해 조사한 끝에 그가 설화도에서 천군의 병사로 지내고 있다는 것을 알게 되었다.

"코아에서도 기억상실 유도제를 쓴 거야? 아깐 시중에 유통되지 않았다며?"

"불특정 다수를 대상으로 유통되진 않았고 핀셋처럼 딱 집어서 저격한 거지."

이연은 싸늘한 공포가 정수리에서 척추를 따라 발바닥으로 내달렸다. 그래서 그 이후로 지키들은 먹는 걸 조심한다고 파랑이 덧붙였다. 기억 유도제도 상비하고 다녔다.

블루스카이를 쥐고 흔드는 자들은 점점 대담해졌다. 설화도라는 은밀한 장소에서 실험하는 게 아니라 코아 안에서 사람을 처리할 만큼. 이연은 아랫입술을 지그시 깨물었다. 파랑의 말을 듣고도 여전히 과거의 기억은 흐릿하게 부분적으로만 떠올랐다. 회복할 수 없을 만큼 이미 몸이 망가진 건 아닐까. 장령의 아내처럼 잃은 기억이 완전히 돌아오지 않을까 봐, 그러다 불시에 처리될까 봐 걱정되었다. 불안이 그을음처럼 번졌다.

이연은 입술을 깨물며 장령을 주시했다. 장령은 냉철한 눈빛으로 휴대전화를 조작하고 있었다. 그의 표정에는 처음 봤을 때처럼 감정이 드러나지 않았다.

"저 사람 말이야, 괜찮은 거야?"

"뭐가?"

"경찰이라며? 정부 쪽 사람을 믿어도 되는 거냐고."

"…난 장령 아저씨를 믿어. 그리고 이해해. 사랑하는 아내가 죽었어. 자신이 평생 몸 바쳐온 정부의 더러운 시스템에 의해. 장령 아저씨는 절대 첩자가 아니야."

이연은 장령이 첩자라고 의심하는 건 아니었다. 한쪽 눈썹을 위로 올리며 물었다.

"설화도에 들어가려고 은행 강도 시나리오를 짠 건 누구야?"

"당연히 장령 아저씨지. 그건 왜?"

"모르겠어? 아무리 설화도에 천군의 병사로 잠입하기 위해서라고 해도 은행 강도 짓을 벌인다? 거기에 경찰이 총까지 맞고? 만약 그 자리에 무기를 가진 다른 사람이 있었다면? 그래서 네가 진짜 강도인 줄 알고 널 제압하려고 나섰다면?"

숨겨진 행간을 이해한 파랑은 얼굴이 새하얗게 질렸다. 파랑의 표정을 보고서 이연 역시 파랑이 죽음까지 각오하고 그 일을 벌인 것은 아니라는 것을 깨달았다. 짐작하고 있었다. 소도의 괴물을 무서워하고 천군의 약방문을 걸어 잠그며 숨는 녀석에게 그런 각오는 없었을 테니까. 파랑은 옳은 일을 위해서라면 훌쩍이며 마지못해 앞으로 나서는 겁쟁이 아닐까. 그런 파랑을 장령이 이용한 거라면? 장령이 설화도에서 파랑과 재회했을 때 몸 상태를 걱정하기보다는 자료를 가지고 왔는지부터 먼저 물었던 것이 떠올랐다.

이연은 사람 좋게 웃으며 먹고 마시는 지키들 속에서 표정 없이 빙하처럼 차가운 기운을 뿜으며 휴대전화만 보는 장령을 쏘아보았다.

"혹시라도 일이 잘못돼서 네가 죽었어도 상관없었을 거야. … 저 사람은 위험해."

알고 있지만

"어쩌면 네 말이 맞을 거야." 한참 후 파랑이 어렵게 입을 뗐다. "장령 아저씨는 아내의 죽음에 대한 복수로 우릴 이용하는 걸지도 몰라. 근데 장령 아저씨가 대표로 바뀐 후 지키는 많이 확대되었어."

장령이 오기 전까지 지키는 아주 작은 환경 단체였다. 쓰레기 차들을 전국에서 동시다발적으로 탈취해서 환경 보호 법안을 반대하는 정치인의 집에 부결된 법안의 열 배수만큼 담장 너머로 투척하거나, 원자력이 가장 깨끗하고 안전하고 효율적이라며 인류의 발전에 끝은 없다는 책을 쓴 기술만능주의자 학자 집에 붉은 물감 테러를 하는 시위를 벌였다. 그들 나름의 과격한 행동은 뉴스 말단에 실리지도 못했다. 코아에서는 언론 역시 정부의 입김에 움직이고 있었다.

블루스카이는 거대 자본이 투입된 정부 주도 아래 이루어지는 사업이었기 때문에 조금이라도 걸리적거리는 것들은 모두 치워버렸다. 어떻게 해서든.

"이해가 안 돼. 작은 단체였다며? 근데 왜 원래 있던 대표를 죽인 거야?"

"박 대표님이 설화도와 블루스카이와 정부의 유착관계를 저격하는 영상을 개인 SNS에 올렸었나 봐. 장령 아저씨한테서 들었어. 새벽에 올리자마자 바로 지워져서 지키들조차 본 사람이 없었고."

그녀의 얼굴조차 기억나지 않았지만 이연은 그녀의 마음이 오롯이 이해되었다. 지키들에게 해가 끼칠까 봐 아무도 모르게 혼자서 준비한 거겠지. 불시에 기습하려다가 역으로 정부 요원들에게 당한 것이고. 다른 점이라면 그녀는 죽었고 자신은 살았다는 것이다.

이연은 제 목숨에 책임을 느꼈다. 코아 대통령의 딸이 아니었다면 교통사고로 위장 당해 박 대표처럼 진즉에 죽었을 거란 생각에 이연은 소름이 돋았다. 내가 권력자의 핏줄인 것에 감사해야 하나. 떨리는 아랫입술을 윗니로 꽉 물었다.

지키는 장령이 대표로 나서면서 바뀌었다. 장령은 아내가 집에 숨겨 놓은 자료를 들고 와서 지키들에게 알려주었다. 그는 점조직처럼 퍼져 자유롭게 활동하던 지키들을 하나로 모으는 구심점이 되었다. 곳곳에 아지트를 만들어 분산시키고 역할을 나누고 위장 잠입을 지시하는 등 즉흥적이고 자유롭게 활동하던 환경 단체 지키를 공무원이 그러하듯 조직적으로 운영했다.

최근에는 국가기관의 주요 서버에 침투해 첫 페이지를 지키의 메시지가 계속 뜨도록 뒤흔들어 놓으면서 불편을 겪은 시민들로부터 따갑게 비판을 들었지만, 사람들의 관심을 끄는 데는 성공했다. 하지만 언제나 장령은 대외적으로는 뒤로 빠져 있었다. 경찰 고위간부가 지키 대표인 것을 아무도 알지 못하도록 모두가 장령을 보호했다. 장령은 대표이자 지키의 핵심 인력이었다.

"그래서? 욕받이로라도 관심 얻었으니까 됐다? 진짜 그렇게 생각하는 거야?"

"너는 몰라. 환경 얘기하면 피곤한 사람 취급당하는 기분이 어떤지. 견고한 벽에 대고 나만 화내는 기분이라고."

파랑은 씁쓸하게 말했다. 파랑은 이연과 달랐다. 이연이 어릴 적 친구 누누이를 구하기 위해 지키에 가입했다면, 파랑은 식물학자로서 환경을 걱정하는 마음 때문에 지키로 활동하고 있었다.

"환경은 나 하나만 바뀐다고 되는 일이 아니야. 많은 사람이 알아야 해. 관종이라고 욕해도 어쩔 수 없어. 사람들의 관심 없이는 아무것도 안 되니까."

이연은 고개를 돌려 지키들을 돌아보았다. 이 순간에도 안락한 소파에 누워서 과자를 까먹으며 예능 프로그램을 보는 대신, 그들은 이 침침한 지하에 모여서 잘못된 세상에 분노하고 누누이를 구출했다는 것에 기뻐하며 함께 웃고 있었다. 그들은 다르지만 모두 같았다. 한 걸음 떨어진 곳에서 이연은 그들을 보며 혼잣말처럼 툭 뱉었다.

"어렵다."

"나도 그래."

조금 떨어진 곳에서 장령이 자신의 휴대전화에서 알람이 울리자 손뼉을 쳤다.

"자, 다들 일합시다!"

모두 삼삼오오 자리를 잡았다. 장령이 굵은 목소리로 구호를 외쳤다.

"지금이 바로 그때다!"

"지금이 바로 그때다!"

지키들이 힘차게 구호를 따라했다. 이연이 저게 뭐냐고 묻자 파랑이 설명했다.

"정치인들은 '언젠가는 해야 하지만 아직은 때가 아니다' 맨날 그러잖아. 시간 끌기 전략이지. 그런 변명 따위 엿 먹으라고 만든 구호야."

빨강 머리 종미가 끼어들었다.

"정치인들이 치졸한 변명을 하는 데에는 그들 나름대로 이유가 있으셔. 까놓고 말해서 우리가 주장하는 일들이 돈이 좀 많이 들긴 하지."

돈이 곧 권력이 되는 세상에서 시민들은 환경론자들이 기후니 위기니 하는 이야기를 할 때마다, 제 주머니를 노리는 소매치기가 옆에서 어슬렁거리는 것처럼 불편하게 여겼다. 개발에 앞선 나라들이 기후 혁신의 불을 성화 봉송하듯 신흥국에 전달하면 로열티 수입도 얻을 것이라며 설득하는 온건파도 있었지만, 각국 정상들은 밀랍으로 귀를 막은 것처럼 모르쇠로 일관했다.

"코아는 그럴 때만 책임에서 쏙 빠지지."

성과를 자랑할 때는 '선진국'이라는 말로 포장했다가, 개발에 앞선 만큼 모범적인 면모를 보이라고 하면 재정이 어렵다면서 변명했다.

"심명근 그 거지발싸개 새끼는…. 심연, 나 욕 좀 해도 되지?"

태주는 술도 담배도 하지 않았지만 욕은 좀 했다. 이연은 괜찮다며 어깨를 으쓱했다. 아버지와의 기억은 전혀 떠오르지 않았다. 하지만 모든 기억이 다 돌아왔을 때에도 과연 내가 지금처럼 담담할 수 있을까? 할 수만 있다면 얼어버린 수면 아래 기억을 숨기고 끝까지 대면하고 싶지 않았다. 누누이와의 기억이라면 무엇이든 떠올라도 환영이었지만, 가족과의 기억이 돌아오는 일은 몹시 두려웠다.

기억이 모두 떠올랐으면 좋겠다는 마음과 더는 기억이 떠오르지 않았으면 좋겠다는 마음이 첨예하게 부딪쳤다. 하지만 이건 선택의 문제가 아니었다. 거대한 소용돌이 안에서 팔다리를 축 늘어뜨리고 도는 것처럼 무력감이 퍼졌다. 카트에 실린 물건처럼 이리저리 휘둘리면서 살게 될까. 기억을 잃은 게 나의 선택이 아니었던 것처럼? 내가 선택할 수 있는 건 아무것도 없는 걸까. 이연은 심해로 서서히 가라앉듯 표정이 눈에 띄게 어두워졌다.

우린 난쟁이가 아니야

"괜찮아?"

파랑이 이연만 들을 수 있게 조그맣게 물었다. 이연은 괜찮다는 거짓말은 하지 않았다. 다른 사람 앞에서는 몰라도 파랑에게는 그러고 싶지 않았다. 기억과 상관없이 파랑에게는 제 감정을 가감 없이 드러내고 싶었다. 그 이유는 알 수 없지만.

그 순간 이연은 설화도에서 파랑이 준 약이 떠올랐다. 그곳에서 이연은 기억을 선택했다. 어떤 기억이든 스스로 마주하겠다고 용기를 냈다. 끝내 모든 기억이 돌아오지 않는다고 해도 그때처럼 거침없이 나아갈 것이고, 모든 것은 제 선택으로 인해 바뀔 것이란 생각이 도미노가 쓰러지듯 점차 퍼져나갔다. 딱딱하게 굳었던 표정을 풀었다. 대답을 대신해 어깨를 으쓱했다.

한편 태주는 심명근 딸에게 허락을 얻었으니 괜찮다면서 거칠게 말을 이었다.

"웃기는 건 똥물에 튀겨 죽일 그 새끼가 그간 돈을 엄청나게 벌어들였다는 거야."

길게 기른 머리를 상투처럼 틀어 올린 원범이 말을 이었다.

"전기 요금이 너무 줄었어. 나라 곳간이 얼마나 풍족한지 과시하는 거지. 문제는 그 돈이 갑자기 어디서 나왔냐는 거야."

종미가 한쪽 입술을 비틀면서 비아냥거렸다.

"어디겠어? '하늘'에서 떨어진 거지."

이연은 눈썹에 힘을 주고 종미를 향해 물었다.

"블루스카이로 다른 나라들에서 로열티 받으려는 거예요?"

"오, 제법이네? 기억이 전부 돌아오지 않은 거 맞아?"

"돌아오는 중이에요."

조금 더 속도를 내보라며 종미가 어깨를 툭 친 뒤 말을 이었다.

"정부에서 다른 나라에 기술을 팔려고 준비 중인 것 같긴 해. 블루스카이로 코아가 얼마나 살기 좋아졌는지 매일 기획 기사로 도배하는 걸 보면."

"근데 지표가 말해주잖아요. 블루스카이가 없는 다른 나라 국민들이 얼마나 힘든지. 물론 숫자가 전부는 아니겠지만."

"블루스카이 홍보 때릴 때마다 심 씨 지지율도 올라가던데."

"이런 식이면 재선은 따놓은 당상이야. 선거도 돈이니까."

지키들은 그물처럼 얽히고설킨 코아의 현실을 냉철하게 짚었다. 앞으로의 행동 방향을 정하기 위해서였다. 환경론자들은 사람들에게 죄책감을 심어주고 불편함을 강요하는데, 블루스카이 시스템은 그걸 싹 지워버렸다. 그래서 사람들은 블루스카이에 더 열광했다. 내가 이때까지 살아왔고 또 살아갈 방식이 괜찮다고 옹호하니까.

불과 반백 년 전, 대통령이 공업단지의 공장 굴뚝에서 검은 연기가 하늘을 뒤덮은 모습을 보고 민족중흥의 역사가 시작된다고 감탄하던 시절이 있었다. 기술은 더 발전하고 집값은 오르고 생활은 편리해졌지만 사람들은 변한 게 없었다.

이연은 노트북 위에서 손을 움직여 인터넷에 퍼진 자료들을 종합했다. 최근 유명한 경제비평가는 전 세계가 무릎을 꿇고 코아에 에너지를 구걸하는 상황에 부닥칠 것이라고 공개적으로 전망했다. 재생에너지가 부족한 상황에서 석탄 및 천연가스 가격이 급등하고 있었다.

코아의 이웃 국가에서는 하루 석탄 생산량이 연간 최고치를 찍고 있었다. 전력난이 심각해지자 일일 1,188만 톤에 달하는 석탄을 생산하는 데에 박차를 가했다. 기후변화협약과 약속한 석탄 생산 폐지 날짜가 오기 전에 최대치를 뽑아내려는 꼼수였다.

블루스카이로 독자 노선을 걷는 코아를 제외한 모든 국가가 위기에 처해 있었다. 대외적으로 코아는 파라다이스처럼 보였다. 기사를 검색하는 이연의 손이 빨라졌다. 친환경 경제로 전환하는 과정에서 물가가 가파르게 오르는 그린플레이션이 덮치면서 양극화는 더욱 심해졌다.

다른 국가들은 전략 비축유로 버티고 있었는데, 문제는 그것들이 모두에게 공평하게 돌아가지 않는다는 것이었다. 소외되는 자들이 생기면서 경제 하층민부터 무너지고 있었다.

"꼭 난쟁이 같다." 가진 자들은 거인이고 못 가진 자들은 난쟁이 같았다. "에너지 빈곤층이나 설화도 주민이나 있는 자들 눈에는 모두 자신에 비해 너무 작은 거지. 그래서 그들이 최저 생계로 버틸 수 있을 거라고 생각하는 걸까. 아니면 작으니까 그렇게 해도 될 거라고 생각하는 걸까. 진짜 짜증나네."

"짜증내지 마, 이연."

이연을 위로하겠다며 옆에 앉은 누누이가 불쑥 손을 제 털 속으로 당겼다. 이연은 놀란 눈으로 누누이를 쳐다보았다.

"세상에! 이거 똥배야?"

"너무 말랐다고 지키들이 계속 줘서 쉬지 않고 먹었어. 나도 이제 똥배 있다?"

누누이는 제 배를 두드려 통통 소리를 냈다. 이연은 얼굴에 웃음이 번졌다. 누누이의 똥배 자랑에 어이가 없어 터진 실소였지만, 누누이는 진심으로 제 똥배를 자랑스러워했다.

"그니까 걱정하지 마. 설화도 사람들을 대표해서 우리가 여기 왔잖아. 내가 이렇게 크잖아. 우린 난쟁이 아니야. 엄청 큰 북극곰이야."

"빙하가 녹으면서 북극곰이 멸…."

"쓰읍."

파랑이 기후 변화로 인해 멸종되는 북극곰의 현실을 이야기하려고 하자, 이연이 파랑 보고 조용히 하라고 눈짓했다. 그런 뒤 제 머리를 누누이의 몸에 비볐다.

"북극곰보다 덩치도 훨씬 커. 몸무게 좀 더 늘리면 네가 우주

최강이 될 거야!"

수제 쿠키를 건네자 누누이는 파이팅을 외치며 다시금 먹는 데에 열중했다. 누누이가 쿠키를 아작아작 씹는 동안 이연은 자료를 더 찾아보았다. 기후 위기가 심각하지 않다고 소리 내는 과학자들은 사실 오일머니를 받고 있었다. 거대한 환경 운동 단체가 해양을 오염시키는 기업들로부터 인증마크를 통해 수익을 얻기도 했고. 모두가 돈에서 벗어날 수 없었다.

신입 지키가 손을 들고 물었다.

"애초에 블루스카이 시스템을 만들 돈이 어디서 난 걸까요? 기사를 보면 블루스카이는 현 대통령이 사유재산으로 추진하겠다고 공언했고, 그래서 대통령으로 뽑힌 후 블루스카이를 만들 때 국민들 반발이 없었다고 되어 있잖아요. 자기들 주머니에서 나가는 돈이 아니니까. 근데 현 대통령은 어린 시절 불우하게 자라서 누구보다 서민의 마음을 잘 안다면서 지역 국회의원 때 유세한 기록이 있고요. 가난하던 사람이 갑자기 그 많은 돈이 어디서 난 거죠?"

원범이 그 질문에 답을 하고 나섰다.

"영부인 윤희연 연구소의 신약 개발로 그 돈을 충당했을 거라는 추측이 제일 유력하지. 블루스카이가 기억상실 유도제라는 더러운 비밀을 감추고 있다는 건 설화도 사람들을 통해서 확인했고. CCTV 칩을 복구 중이지만 더 자료를 모아야 해. 그들이 절대 반격할 수 없게 한방을 준비해야지."

"자, 담소는 여기까지 하고 내일 밤 있을 행진을 위해 움직입시다."

장령의 말에 아지트를 정리하기 시작했다. 오래전부터 준비한 행진이었다. 지키들은 관광용 단체 버스를 타고 시 외곽으로 이동했다.

이동 중에도 이연은 쉬지 않았다. 킥이 될 만한 자료를 찾기 위해 손가락이 춤추듯 빠르게 키보드 위를 날아다녔다. 모든 나라가 코아의 블루스카이를 탐내고 있었다. 블루스카이를 택하면 기존의 방식대로 값싼 전기를 얻으면서도 환경에 피해가 없었다. 오직 쓰레기섬 하나만 포기하면 되는 일이었다.

"근데 설화도가 나쁜 거야?"

누누이가 옆에서 이연이 보는 노트북 화면을 건너다보며 조그맣게 물었다. 이연이 무슨 소리냐며 누누이를 보았다. 누누이는 고개를 옆으로 누인 채 재차 물었다.

"설화도에 아무도 살지 않게 되면 누구에게도 해를 끼치지 않는 섬이 되니까 괜찮은 거 아니야?"

이연은 미간을 찌푸렸다. 누누이의 말이 맞았다. 왜 굳이 거액을 들여서 설화도를 폐쇄하고 새로 만든다는 거지? 사람만 내보내면 되잖아. 혹시 설화도 자체에 문제가 있는 건 아닐까? 노트북으로 설화도 인근 해역 주변의 지역 신문 기사를 훑은 후 코아해양청의 방화벽을 뚫고 접속했다. 몇몇 수치 등을 확인한 이연이 쓰게 자조했다.

"설화도를 완벽하게 통제할 수 있을 리가 없지. 애초에 말이 안 되는 거였어."

"왜? 이 숫자들이 뭔데?"

누누이를 위해 사진을 확대해서 노트북 화면에 띄웠다. 해안가 주변에 고사한 나무들과 빠르게 부식되는 건물들, 죽은 물고기 사진을 보여주었다. 코아해양청을 해킹한 자료들도. 블루스카이에 뚫린 구멍으로 내린 산성눈은 바람을 따라 멀리 퍼져나가 주변 바다를 죽이고 있었다. 해풍의 강도가 센 날에는 가까운 육지까지도 그 피해가 번졌다. 윗선의 지시로 코아해양청에서는 이 사실을 알면서도 묵인하고 있었고.

새로 설화도를 만든다고 해도 문제는 해결되지 않는다. 인근에 피해를 주지 않도록 눈이 아니라 좀 더 무거운 우박 형태로 만들어 설화도에 집중해서 내릴 순 없느냐고 코아해양청에서 블루스카이에 항의한 문서도 있었다. 블루스카이 측에서는 답변이 없었다. 현재의 기술력으로는 가능하지 않은 시나리오였다.

이연과 누누이는 어두운 얼굴로 노트북 화면에서 눈을 떼지 못했다.

늦은 밤 버스가 멈추었다. 도착지에 내린 이연은 믿을 수 없는 광경을 마주했다. 겁먹은 누누이가 이연의 뒤로 숨었다. 이연이 뒤집어진 목소리로 물었다.

"저거 설마 코끼리예요?"

"오, 진짜처럼 보여? 성공인데?"

가까이 가서 보니 화려하게 꾸민 천을 두른 코끼리는 사실 로봇으로 만든 것이었다. 전 세계적으로 유명한 판타지 영화에 출연했던 코끼리 로봇이 자선 경매에 나왔을 때 부지런히 손을 들어, SF 애호가로 유명한 부호와 접전 끝에 쟁취했다며 원범이 으스댔다. 이연은 믿을 수 없다는 듯 뜨악한 표정으로 원범을 보았다.

"어떻게요? 지키는 정부에 찍힌 탓에 보조금도 받지 못해서 항상 자금에 쪼들리고 있다고 하지 않았어요?"

"엄청난 기부금이 있었지."

원범은 이연을 향해 눈을 찡긋했다. 윙크는 '우리만의 비밀'이라는 은유였다. 근데 이연은 그 비밀이 뭔지 전혀 기억이 없었다. 이연은 팔짱을 낀 채 턱짓으로 코끼리를 가리켰다.

"근데 이런 게 도움이 될까요?"

거리 행진이 정부의 보여주기식 행정과 뭐가 다르냐는 말이 목끝까지 찰랑거렸지만, 이연은 일부러 두루뭉술하게 표현했다. 원범이 비장하게 말했다.

"기후 문제는 집단적인 대응이 필요한 포괄적인 문제야. 이런 빅이슈일수록 방관자들이 많지. 꼭 자신이 아니어도 될 것 같거든. 우리나라 사람들 다수결 되게 좋아하잖아. 그게 민주주의고 그것만 절대선인 것처럼. 빌어먹을 방관자 효과를 끊어내려면 우리처럼 중뿔나게 움직이는 것들이 그들의 시선을 한 번이라도 더 잡아끌고 한 번이라도 더 말해줘야 해. 우리가 다수가 될 그날까지."

태주가 쓱 다가와 말을 보탰다.

“그래서 이번 선거가 중요한 거야. 현 정권은 코아를 넘어서 전 세계와 블루스카이를 계약하려고 해. 바로 지금이 그 사태를 막을 마지막 터닝포인트야.”

원범과 태주가 짝을 이뤄 일장 연설하려고 하자, 종미가 준비할 게 산더민데 입으로만 일하지 말라고 한 소리 했다. 이연은 도울 게 없는지 물으며 팔을 걷어붙였다.

“행진은 어디까지 가는 거예요? 도시를 한 바퀴 돌아요?”

“우리가 가는 곳은 여기야.”

목표지점은 ‘저푸른저택’으로 불리는 코아궁이었다.

악당보단 깡패

이미지는 일종의 암호였다.

고층 건물은 빠르게 성장하는 문명을 의미하고 북극곰은 지구 온난화를 상징한다며, 수다쟁이 원범이 그들이 하는 일의 중요성에 대해 거듭 강조했다.

“이미지가 중요하다는 건 저도 알겠어요. 그러니까 코끼리 로봇을 대동했겠죠.”

이연은 원범이 내민 ‘기후 악당’ 팻말을 목에 걸기 싫다고 버티는 중이었다.

“그렇대도 전 팻말을 목에 걸 수 없어요. 행진 중간에 윤희연 연구소에 가봐야 하거든요. 모든 자료가 거기 있을 거예요.”

“그 연구소 위치는 아무도 몰라.”

“전 알아요.” 그간 지키들의 인맥과 장령의 정보력으로도 알아내지 못한 곳이었다. 옆으로 다가온 장령이 믿을 수 없다는 듯이 바라보자 이연이 말을 보탰다. “어렸을 때 보모 할머니랑 같이 갔었거든요.”

보모라는 말에 파랑이 획 돌아보았다. 누누이 역시 연구소라는 말이 나올 때부터 이연을 주목하고 있었다. 지키들 여럿이 들러붙어 누누이를 머리가 엄청 큰 북극곰처럼 보이도록 변장시키고 있었다.

"어렸을 때 이후로 가본 적 없지 않나? 그사이 연구소를 옮겼을 수도 있고."

장령의 지적이 옳았지만 이연은 그곳에 연구소가 아직 있을 거라고 확신했다.

"지하 연구소는 도심에 있어요. 일부러 코아궁에서 가까운 곳에 마련했죠."

"누누이를 만들었을 때면 심명근이 대통령에 당선되기도 전일 텐데."

"심명근이 대통령이 될 거라고 윤희연은 확신했거든요. 영부인이 되면 주위의 이목을 끌 테니 연구소를 미리 코아궁 가까운 곳에 마련해야 한다고 생각했어요."

이연은 자신이 그들과 다르다는 것을 증명하려는 듯 제 부모의 성명을 남처럼 언급했다. 곧이어 SNS 검색으로 심명근과 윤희연이 남쪽 소도시의 재래시장에서 그 지역 주민들과 악수하는 사진을 확인했다. 윤희연은 직원들이 다른 짓을 하지 못하도록 그녀가 연구실을 비울 때는 모두 퇴근시켰다. 고로 지금 연구소는 비어 있을 것이다.

장령이 다른 사람이 기후 악당 팻말을 거는 게 좋겠다며 상황을 정리하자, 원범이 얼굴을 찌푸리며 항의했다.

"이연이 제일 가볍단 말이에요. 코끼리 로봇에 올라타려면 무거운 사람은 안 돼요. 영화 촬영용으로 만들어져서 내부가 좀 부실하단 말이에요."

"저 다음으로 몸무게가 가벼운 사람이 또 있죠!"

이연의 눈이 향한 곳은 파랑이었다. 파랑은 근육이라곤 없어 보이는 마른 몸이었다. 이연이 기후 악당 팻말로 실랑이하는 모습을 팔짱 끼고 구경하던 파랑은 깜짝 놀랐다. 황급히 도망쳐 보려고 했지만 바로 붙잡혔다.

"너도 지키야. 우리가 하는 일의 중요성을 생각해 봐."

원범이 파랑의 어깨를 잡고 말했다.

"아무리 그래도 촌스럽게 '기후 악당'이 뭐예요."

이연은 옳은 말이라며 팻말을 뒤집어 매직으로 다시 써주었다. 파랑은 2 대 8 가르마에 검은 정장을 입은 후 '기후 깡패' 팻말을 목에 걸고 코끼리 로봇 등 위에 올라탔다.

1년에 인류는 30기가톤이 넘는 이산화탄소를 배출한다. 전 세계 인구 70억 명으로 계산하면 한 사람이 1년에 코끼리 한 마리인 4톤의 탄소발자국을 남기는 셈이다. 그래서 이번 시위에 코끼리 로봇을 준비한 것이다.

코끼리 로봇이 앞으로 걸어가도록 패드로 조작하자 '우와' 하는 탄성이 나왔다. 파랑이 균형을 잡느라 애쓰는 사이 지키들은 마무리에 박차를 가했다. 원범은 '우이샤' 소리를 내며 모든 동작에 의성어를 붙였고 걸음도 과장되게 뒤뚱뒤뚱 걸었다. 종미는 종종거리며 움직였다. 여기 있었나 싶으면 저기 있고 돌아보면 뒤에 있었다. 그리고 태주의 목소리는 어디에서나 들렸다. 360도 서라운드 스피커를 설치한 것처럼 태주의 욕이 방언처럼 사방에서 꽂혔다.

분주한 움직임 속에서도 장령은 있는 듯 없는 듯 고요했다. 하지만 이연은 그가 실세라는 것을 꿰뚫고 있었다. 그는 적재적소에 나타나 명확하게 지시했다.

장령은 시위대 출발을 지켜본 뒤 다른 곳으로 향했고, 종미가 지키의 수장인 것처럼 앞으로 나섰다. 이연은 시위대 중간에 북극곰으로 분장한 누누이와 함께 걸었다. 도심 거리는 비어 있었다.

선거 직전에 현 정권을 비판하는 시위를 허가해줬다고? 경찰을 대동해 거리까지 비워주고?

시위를 시작한 지 얼마 지나지 않아 이연은 그 이유를 알아냈다. 사람들이 기괴한 분장을 하고 거리를 돌아다니고 있었다.

"오늘이 핼러윈날이었어요?"

태주가 씁쓸하게 고개를 끄덕였다. 그래서 정부에서 허가해 준 것이었다. 지키들의 시위가 할로윈데이 장난처럼 묻히도록.

몇 년 만에 열린 행진을 성공시키고자 코끼리 로봇까지 대동했는데도 사람들은 관심이 없었다. 싸늘한 시선 속에서 지키들은 목이 터져라 구호를 외치면서 행진했다. 노골적으로 눈살을 찌푸리는 행인도 있었다.

"저런 매국노들. 코아가 망하길 바라는 거지."

"우리도 다른 나라들처럼 에너지를 구걸하면 좋겠어?"

"지들 손으로 기름 한 방울 못 만드는 주제에 어디 감히 블루 스카이를 욕해!"

이연이 그들을 향해 한마디 하려고 하자 태주가 낮은 목소리로 말렸다.

"우릴 도발하려는 거야. 고개 돌리지 말고 봐. 15도 각도 3층 창문."

이연은 슬쩍 눈만 돌려 위쪽을 보았다. 기자로 보이는 남자가 전문가용 카메라를 들고 그들을 찍고 있었다. 요란하게 분장까지 했는데도 혹시라도 자신을 알아볼까 봐 긴장되었다.

"왜 우릴 숨어서 찍는 거죠?"

"우리가 시민들 도발에 격하게 대응하는 모습을 찍으려는 거지. 악마의 편집까지 거치고 나면 볼만할 테니까."

태주가 서늘하게 말했다. 그녀의 눈이 차가운 분노로 이글거렸다. 사람들은 자신이 마리오네트인 줄 알면서도 이익 앞에 모르는 척하는 걸까. 아니면 인형술사의 기술이 너무 뛰어나서 마리오네트를 연결한 선이 보이지 않는 걸까. 모른다는 것이 변명이 되지 않게 하겠다고 이연은 결심했다. 맨 앞에서 외치는 종미의 목소리를 따라 태주는 악을 쓰듯 배에 힘을 주고 외쳤다.

"지금이 바로 그때다!"

이연 역시 주먹을 쥐고 하늘을 향해 올리며 크게 소리쳤다.

"지금이 바로 그때다!"

그들은 멈추지 않았다. 단 한 사람이라도 돌아보게 만들고 더 많은 사람이 진실을 알게 하려고 목이 쉬도록 구호를 외쳤다. 코아궁이 가까워져 오자 이연은 뒤쪽으로 슬금슬금 빠졌다. 등 뒤로 은밀히 따라붙은 거대한 그림자가 있었다.

— 나 혼자 가야 해.

누누이를 향해 고개를 단호하게 가로저으며 수화로 말했다. 이연이 하려는 일이 정확히 무엇인지는 알 수 없었지만 그것이 위험하다는 건 누누이도 알고 있었다. 삐쩍 마른 데다 몸이 약한 이연을 지키고 싶었다.

원범이 다가와 잠시 우리와 함께 있자며 누누이의 등을 쓸었다. 누누이는 이연과 지키들을 번갈아 보다가 다시 행진에 나섰다.

이연은 종종걸음으로 허름한 건물로 향했다. 기억대로 두꺼비집을 열자 비밀번호 키가 드러났다. 보모가 이연을 데리고 올 때면 연구소 직원이 몸을 가리고 비밀번호 키를 눌렀었다. 번호는 보지 못했지만 그 소리를 기억했다. 비밀번호의 리듬은 마법의 눈 씨엠송과 같았다. 숫자가 가진 고유의 음을 떠올리며 천천히 번호를 누르자 벽이 양옆으로 움직였다.

벽 안쪽에 숨겨진 엘리베이터를 타고 내려갔다. 지하로 향하는 동안 심호흡했다. 자료가 어디에 숨겨져 있을지 생각하느라 잠시 눈을 감았다. 도착을 알리는 띵 소리가 들리자 눈을 떴다.

문이 열리는 순간 이연은 숨을 쉴 수가 없었다.

"어, 엄마."

킹 퀸 주니어

"아직 날 엄마로 불러주는 거니?"

일 중독자인 엄마가 연구소로 다시 돌아오지 않을 거라고 생각했다니. 비밀번호가 십 년이 넘게 안 바뀐 것에서 전혀 의심하지 못했다니. 순진함이 뱀의 아가리로 이끌어 스스로를 제물로 바친 꼴이 되고 말았다.

"내가 올 거란 걸 알고 있었어요?"

"오지 않을 리가 없으니까."

윤희연은 한쪽 입꼬리를 올리며 미소 지었다. 그녀는 SNS 사진에서 본 고급스러운 정장 차림이었다. 일정이 끝나자마자 바로 이곳으로 온 것이다. 그녀는 꽉 채운 단추를 풀고 상의를 벗으며 복도 왼쪽 끝으로 걸어갔다.

이연은 깜짝 놀라서 눈을 돌렸다. 윤희연이 자신의 엄마라는 건 기억을 통해 인지하고 있었지만 엄마 같다는 감정이 느껴지지 않았다. 어렸을 때부터 윤희연과 살 맞대고 산 가족이 아니라 그런 걸까. 옷 갈아입는 걸 보는 게 이물감이 들 정도로 낯설고 어색했다.

반대편에서 낑낑대는 소리가 들렸다. 복도 오른쪽 끝이었다. 이연이 의문의 소리가 나는 쪽으로 몸을 돌리려고 하자 윤희연이 팔을 낚아챘다.

"여긴 내 연구소야. 내 허락 없이 돌아다니지 마."

'내 연구소'라는 말에는 많은 의미가 내포되어 있었다. 이연은 문득 궁금했다. 그녀가 생각하는 '나'의 범주에 과연 딸인 자신도 들어가는지.

뇌과학자들은, 뇌는 이기적이라 자신이 아닌 다른 누군가를 위해 희생하는 건 불가능한 일이라고 했다. 어렸을 때 엄마의 사랑이 고팠던 이연은 두꺼운 사전에 적힌 그 내용에 매달렸다. 엄마가 날 사랑하지 않아도 괜찮다고, 원래 다들 그런 거라고.

일반적으로 사람들은 가족을 사랑하게 되면서 뇌가 그들을 나의 일부로 인식하며 '나'를 확장한다고 쓰여 있었다. 하지만 윤희연의 울타리 안에 이연은 존재하지 않았다. 그 사실을 오랜만에 대면하자 가슴 한구석이 아렸다.

윤희연은 사무적인 어조로 물었다.

"안 따라올 거니? 네가 원하는 자료는 모두 내 방에 있을 텐데?"

이연은 노골적인 제안에 머리가 멍해졌다. 자신이 상대하는 게 누군지 잠시 잊고 있었다. 호랑이 굴에 들어온 이상 정신을 똑바로 차려야 한다고 자신을 다잡았다. 성큼성큼 그녀를 따라갔다.

윤희연은 편한 옷으로 갈아입고 커피를 내려 호로록 마신 뒤 물었다.

"어디까지 기억났니?"

"당신이 날 설화도에 보냈어요?"

"언제나 그렇듯 최종 결정을 내린 건 네 아빠야."

"기억상실 유도제도 여기서 만들었어요?"

이연은 책임 회피하지 말라고 일침을 가하듯 쏘아붙였다. 윤희연은 마지막 온기를 쥐어 짜내려는 듯 머그잔을 쥐고 대답했다.

"그건 내가 개발한 기술은 아니었지. 근데 네 아빠가 그 기술을 개발한 사람을 찾아냈어. 적을 제거할 때, 냄새가 구린 비밀을 덮어야 할 때 기억나지 않는다는 건 유용하니까. 그런 점에서 네 아빤 참 비상해."

그는 대통령이 되기 위해 자신이 쓰고 버린 카드를 그런 식으로 처리하고 있었다.

"기억 유도제는 왜 만든 거죠?"

"역으로 당할 수도 있으니까 자신을 보호하려고."

"블루스카이 시스템을 해외에 팔아서 로열티 받으면서 기억상실 유도제도 은밀히 끼워 팔려는 거 아니에요? 블루스카이를 왜 그렇게 고집하는 거죠?"

"코아 국민들이 원하니까."

이연은 그들이 나누는 대화가 잘 녹음될 수 있도록 주머니 안에서 휴대전화의 각도를 틀었다. 이제부터가 중요했다.

"왜 화석 연료를 포기하지 못하는 거예요?"

"싸니까."

블루스카이 뒤에는 싸게 공급받은 전기로 돈을 버는 국내 기업들과의 로비가 있었다.

"모든 걸 끔찍한 부모 탓으로 돌리고 깔끔하게 손 씻고 싶은가 본데 그 처음에 네가 있었어."

홈스쿨링을 하면서 이연은 컴퓨터 세계에 빠졌다. 기억의 공백을 빠르고 자극적인 해킹으로 허겁지겁 채워나갔다. 이진법의 세계 속에서 계속 무언가를 찾고 있었다. 자신이 무엇을 찾는지도 모르는 채 보안이 엄격한 기업의 드라이브를 전문적으로 해킹했다. 모두가 안전하다고 믿는 이 세상이 얼마나 말도 안 되는지 비틀고 싶었다. 잠깐 즐거웠다. 그 순간의 즐거움이 모든 것을 바꿔놓았다.

길었던 꼬리는 하필 심명근에게 밟혔다. 실패한 딸이라고 생각해서 숨기기 급급했는데 이연이 손에 꼽을 만큼 대단한 재능을 보인 것이다. 기업들 정보를 함부로 빼돌린 게 밝혀지면 감옥에 가게 될 거란 협박에 이연은 심명근의 마리오네트가 되었다.

해킹한 기업의 불법 자료를 입수한 심명근은 기업 수뇌부를 협박해서 은밀히 자금을 받았고 그것이 블루스카이와 윤희연 연구소의 든든한 동아줄이 되었다. 윤희연 연구소 실험 비용과 심명근의 정치적 자금은 이연의 손에서 만들어졌다.

환경오염을 묵인하는 정부 관계자와 해킹당한 기업은 비슷한 점이 많았다. 사이버 범죄는 일반 범죄와 달랐다. 기업의 금고가 탈취당했다면 당장 신고하겠지만 정보는 좀 애매했다. 정보는 탈취당해도 기존 정보가 사라진 것도 아니고 단지 복사된 것일 뿐이니까.

당장 눈에 띄는 피해가 보이지도 않을뿐더러 해커가 그 정보로 어떤 피해를 언제 줄지도 요원했다. 그래서 담당자들은 불확실성을 이유로 해킹을 당하고도 침묵을 선택했다. 즉각적인 환경 피해가 돌아오지 않는다는 이유로 환경오염의 징후를 모른 척하는 정부와 한치도 다르지 않았다.

이연은 자신이 저지른 과거의 죄를 부정할 생각은 없었다. 하지만 지금은 더 많은 정보가 필요했다. 주머니에 넣은 손에 힘을 주고 갈라진 목소리로 화제를 돌렸다.

"왜 설화도에 사람들을 가둔 거죠?"

"신약을 실험할 최적의 비밀 장소와 공짜 실험체가 있는데, 이 좋은 기회를 후환이 두렵다고 죽음으로 덮는 건 어리석은 짓이니까. 게다가 기억상실 유도제까지 있어서 그들을 섬 안에서 적절히 통제할 수 있는데 뭐가 문제겠어."

정치인 아빠, 연구원 엄마, 해커 딸은 킹 퀸 주니어였다. 그들은 함께 있을 때 더 큰 시너지를 발휘했다. 하지만 정치인 아빠는 사춘기에 들어선 딸이 뒤통수를 치진 않을까 걱정돼서 몰래 오피스텔에 마법의 눈을 설치했다. 그 검은 점이 결국 이연을 눈뜨게 했고.

"기억 유도제를 먹이지도 않았는데 신기하지. 누누이를 알아보다니."

부모이기 전에 그들은 정치적인 동업자였다. 딸에게 기억상실 유도제를 처음 썼을 때만 해도 약효는 확실해서 이연은 부모가 원하는 똑똑한 딸의 역할을 했다. 하지만 이연이 마법의 눈으로 누누이를 발견하면서 그들이 쌓아온 유리성이 무너지려고 했다.

두 개의 선만으로는 아무것도 되지 않았다. 세 개의 선이 딱딱 맞아떨어져야 삼각형이 되었고 견고한 피라미드가 되었다. 밑변이 제멋대로 빠지게 둘 순 없었다. 앞으로도 돈 들어갈 일투성인데.

모든 것이 들통나서 아버지의 비밀 경호원이 오피스텔로 들이닥치기 전, 이연은 설화도와 지키와 관련된 자료가 담긴 USB를 토스트기에 넣고, 구식방법으로 백업한 CD는 전자레인지에 돌렸다. 마지막엔 EMP 자기장 기구로 방에 설치된 슈퍼컴퓨터를 확실하게 날려버렸다.

이제껏 해킹한 기업의 정보들 역시 이연이 미리 심어놓은 버그에 의해 모두 사라지자 킹은 조급해졌다. 낡은 정보로 기업의 돈줄을 짜내는 데는 한계가 있었다. 흔적도 없이 들어갔다가 귀신같이 빠져나올 고급 기술이 필요했다. 하지만 붙잡힌 뒤로 이연은 팔짱을 껴서 제 손을 겨드랑이에 교차해서 넣고 버티며 그들을 비웃었다.

이연이 씁쓸하게 자조하듯 물었다.

"그래서 날 살려둔 거군요?"

"우린 네가 필요해."

아이들

"내가 만들 더러운 돈이 필요한 거겠죠."

"널 키워준 값이야. 널 세상에 나오게 한 건 네 아빠와 나라는 걸 잊지 마."

이연은 화가 나서 온몸이 떨렸다. 오래도록 참고 참아온 상처가 터졌다.

"그냥 날 그대로 사랑할 순 없어요? 꼭 내 가치를 금전적으로 증명해야만 해요? 나도… 때로 부모님에게 사랑받고 싶어요. 아무 조건 없이요!"

윤희연은 침묵으로 이연을 보다가 안쓰럽다는 듯 말했다.

"그런 부질없는 감정으로 이제껏 괴로워한 거니? 네 아버지와 난 이 순간에도 세상을 바꾸려고 하고 있어. 그런데 내가 낳은 딸이 그런 나약한 생각에 사로잡혀 있었다니 정말 실망스럽구나. 사랑은 아무것도 바꾸지 못해."

일일연속극에 나오는 화목한 가정을 바란 건 아니었지만 그래도 이건… 이연은 거대한 벽에 부딪힌 것처럼 온몸에 힘이 빠졌다.

이럴 거면 대체….

"…나를 왜 낳았어요?"

"네 아빠가 대외적으로 보일 단란한 가족사진이 필요하다고 했으니까."

"…엄마는요?"

"공식적인 결혼식과 한 번의 출산, 그게 내 초기 연구에 대한 지원 조건이었지."

이연은 윤희연에게 이런 질문을 하는 것 자체가 얼마나 의미 없는 일인지 깨달았다. 반면 윤희연은 이연을 이해하지 못했다. 여전히.

"그래서 누누이한테 집착하는 거니? 마더콤플렉스를 애착 인형으로 대신 풀려는 거야?"

"누누이는 인형이 아니에요!"

"아니지. 끔찍한 실패작이지."

"…하."

"너한테 이해를 바란 적은 없지만 참 안타깝구나. 더 멀리 봐야 한다고 그렇게 가르쳤건만 어쩜 넌 네 눈앞밖에 보질 못할까."

이연 역시 윤희연에게는 누누이처럼 끔찍한 실패작이었다. 분노보다는 슬픔이 더 컸다. 눈물은 흐르지 않았다, 다행히도. 불시에 윤희연이 바짝 다가와 이연 주머니에 손을 집어넣어서 휴대전화를 잡았다.

"안 뺏어갈 테니 걱정 마. 잘 녹음되는지 확인하려는 것뿐이니까."

"모든 걸 녹음했는데 두렵지 않아요?"

"내가 뭘 두려워하는 사람처럼 보이니? 널 설화도에 보내자는 건 네 아빠 생각이었어. 난 끝까지 반대했고. 난 네가 그 괴물을 다시 만나면 폭주하게 될 것 같았거든. 근데 네 아빠가 어디 다른 사람 말 듣는 사람이니? 천군이랑 다 얘기된 거니까 선거 끝날 때까지 조용히 일 년만 보내놓자고 하더라. 근데 지금 봐, 내 말이 맞잖아. 넌 결국 그 괴물 때문에 여기까지 온 거잖아?"

"누가 더 큰 돈을 주겠대요?"

"요즘 코아 국고가 얼마나 풍족한지 모르지? 돈이라면 코아의 최고 권력자에게서 나오는 것보다 더 나을 순 없을 거야."

"그럼 왜 아빠를 배신하는 거죠?"

"넌 왜 그랬니?"

윤희연과 이연의 시선이 팽팽히 부딪쳤다. 윤희연이 다 식은 커피를 테이블 위에 내려놓으며 말했다.

"몇몇 국제기관들이 우리가 설화도 주변에서 일어나는 일을 감추고 있는 걸 눈치채기 시작했어."

"그쪽에서도 코아 해양청을 해킹한 건가요?"

'해킹'이란 말에 윤희연의 눈썹이 움찔했다. 이내 근육을 부드럽게 풀며 윤희연이 미소를 지으며 답했다.

"벌써 알고 있구나? 돌아오자마자 그것부터 확인한 거니?"

"손바닥으로 하늘을 가릴 순 없죠."

"으음. 뭐."

윤희연은 어깨를 으쓱하고는 코아 해양청 말단 직원 하나가 미꾸라지처럼 빠져나갔다고 대답하며 나른한 어조로 말을 이었다.

"게다가 지키들이 설화도까지 파고들었으니 볼 장 다 본 거지. 선거 유세에 취해서 아직 네 아빤 모르지만 설화도 전복 사건 역시 사람들 귀에 들어갈 거야. 수습한답시고 또 생쇼를 할 텐데 그때 네 아빠 옆에 서 있고 싶지 않아."

윤희연은 가족사진에서 발을 뺄 생각이었다.

"난 태어날 때부터 윤희연이었고 죽을 때도 윤희연으로 죽을 거야. 누구의 아내, 누구의 엄마 따위는 내가 이룰 과업에 어울리지 않아. 그걸 이제야 깨달았지."

윤희연은 블루스카이 베타 버전의 실수를 통해 배운 것들을 코아의 영부인으로서 수습하고 재정비하는 것보다는 낯선 곳으로 옮겨 모든 걸 새롭게 시작하고 싶어했다. 윤희연다웠다.

"그들이 뭘 약속했죠?"

"완벽한 공간, 안전한 비밀, 새로운 프로젝트."

윤희연은 코아의 실험 무대를 발판 삼아 더 큰물에서 놀 계획이었다. 그녀는 하나에 빠지면 언제나 그러했듯 주위가 어떻게 되든 상관없었다. 딸도, 남편도, 곧 망할 게 뻔한 코아도.

"그걸 나한테 말하는 이유가 뭐예요?"

"비밀을 나눴으니 이제 너와 난 한배를 탄 거야."

윤희연은 철저하게 신분이 감춰진 데다 능력도 뛰어난 해커인 이연을 탐냈다. 자기 딸로서가 아니라 새롭게 시작할 프로젝트에 영입하고 싶은 부하 직원으로서. 윤희연은 자신의 욕망 앞에 그 누구보다 솔직했다.

"싫다면요?"

"지키들을 영웅으로 만들지, 아니면 범죄자로 만들지는 네 손에 달린 거지. 네 아빠처럼 철두철미한 사람이 지키들이 활개치는 걸 왜 그냥 뒀겠니? 미리 손 써놓고 말 안 들으면 터뜨리려는 거야."

"지키들이 약점 잡힐 게 뭐가 있어요?"

"기억상실 유도제."

윤희연은 금고에서 자료를 꺼내 보여주었다. 파일을 넘기는 이연의 손이 빨라졌다. 심명근은 지키들이 기억상실 유도제를 만든 조직이라는 증거를 마련해두었다.

"어떻게 이런 거짓말을…. 사람들이 믿지 않을 거예요!"

"누가 뭘 믿느냐는 중요하지 않아. 법이 그렇게 판단할 거고 여론이 그림자처럼 붙어서 움직일 테니까."

이연은 뒷덜미에 소름이 돋았다. 윤희연의 휴대전화가 울렸다.

"네, 연구실이에요. 우리 딸이 바본가요, 여길 제 발로 오게. 오면 바로 연락할게요. …그 문제는 조금 있다가… 알아요, 나도."

윤희연이 미간을 찌푸린 채 몸을 돌려서 작게 이야기했다.

이연의 귀가 뒤쪽으로 움직였다. 희미하게 낑낑대는 소리가 다시 나기 시작했다. 윤희연이 전화에 정신이 팔린 사이 이연은 복도로 나가 오른쪽 끝으로 뛰었다. 어느새 뒤쫓아온 윤희연이 전화를 끊고 이연을 쏘아보았다.

문 앞을 막아선 윤희연을 향해 이연이 돌진하듯 물었다.

"저 안에 뭐가 있죠?"

"보여주면 나와 함께 할 거니? 그쪽에서 너도 만나보고 싶어 해."

윤희연은 이연의 대답을 기다리지 않고 곧바로 어딘가로 전화를 걸었다.

"제 딸이 연구소로 왔네요. 궁금해하실 것 같아서요. 네, 붙들어 둘게요. 5분이요?"

5분 만에 온다고? 지금 도망치면 이 소리의 비밀을 끝내 알아내지 못할 텐데. 이연은 주먹으로 문을 두드렸다.

"거기 안에 누구 있죠? 문 좀 열어봐요!" 안에서 우는 소리가 커졌다. 어린아이가 우는 소리였다. 하나가 아니었다. "애들을 납치한 거예요? 저 안에서 또 무슨 실험을 하는 거예요!"

"애들은 아니야."

윤희연이 열쇠를 꺼내 제 손으로 문을 열었다. 이연은 똘똘 말린 스프링을 놓은 것처럼 튕기듯이 안쪽으로 달려 들어갔다.

"어떻게…."

"예상보다 산성눈 피해 규모가 너무 커서 설화도는 폐쇄 후 바닷속 깊이 묻힐 거야. 저 녀석들은 새로 준비한 섬에 가게 될 거고."

그들은 이연이 처음 누누이를 봤을 때처럼 어렸다. 그중 하나는 털이 황금색이었고, 다른 하나는 까맣고, 또 다른 녀석은 하얬다.

까만 아이와 하얀 아이는 서로 껴안고 울고 있었고 황금 아이는 주먹으로 바닥을 누른 채 이쪽을 잡아먹을 듯이 쏘아보고 있었다.

"저 녀석들은 누누이와 달라."

다르다는 윤희연의 말이 비수처럼 가슴에 꽂혔다. 윤희연은 누누이를 산성눈을 빨아들이는 쓰레기통으로 만들려고 했었다.

"설마 성공한 거예요?"

"아직 완벽하진 않지만 다른 나라에 팔 수 있을 정도는 되지."

"왜 하나가 아니라 셋이죠?"

"블루스카이 계약을 목전에 앞둔 나라가 두 군데거든. 저 블랙과 화이트는 외국어를 배우고 있는데 머리가 너무 나빠서 혼내고 굶겼더니 저렇게 빽빽 우네."

이연은 꽉 쥔 주먹이 떨렸다. 3분밖에 남지 않았다. 윤희연이 저들을 보여준 이유는 그들이 도착하기까지 이연을 연구소에 붙들어 두기 위해서였다.

"재들을 두고 갈 수 있겠니?"

철창을 돌아보았다. 지금 저 아이들을 탈출시킬 방법은 없다. 이를 악물고 휴대전화를 쥔 채 몸을 돌려 뛰었다. 가까운 곳에서 계단을 내려오는 발소리가 들렸다.

"이연한테 휴대전화가 있어요. 녹음됐고요."

윤희연의 목소리가 복도를 울렸다. 이연은 다른 곳으로 뛰었다.

타다다닥!

그들의 발소리도 덩달아 빨라졌다. 이래서는 몇 미터면 곧 머리

채가 잡힐 것 같았다. 잡히면 끝장이다. 그렇다면 취사선택이 필요한 순간이다. 이연은 바짝 따라붙은 사내들에게 붙잡히기 직전 휴대전화를 집어던졌다. 그들이 휴대전화를 받으려고 자세가 흐트러진 사이 이연은 사력을 다해 뛰어 지상으로 올라갔다.

건물 앞에 예상치 못한 구원병이 이연을 기다리고 있었다. 헬멧을 쓰고 있어 얼굴이 보이진 않았지만 호리호리한 몸과 검은 정장을 보고 단번에 알아보았다. 파랑이었다.

"타!"

뒷좌석으로 날아가듯 착석하자마자 날렵하게 빠진 오토바이가 시원하게 도로를 내달렸다. 고개를 돌려 보니 뒤에서 윤희연이 허둥지둥 차로 향하는 게 보였지만 따라오기에는 멀었다.

한참을 달려 도시 외곽을 벗어난 후 파랑이 한적한 곳에 오토바이를 세웠다. 이연은 내리자마자 허리를 숙이고 토했다. 파랑이 뒤에서 이연의 머리카락을 잡아주며 물었다.

"안에서 대체 무슨 일이 있었던 거야?"

"함정이었어."

들어간 직후부터 벌어진 일을 빠짐없이 말해주자 파랑이 주먹을 세게 쥐었다. 손에서 핏기가 사라졌다.

"어떻게 그런 짓을 할 수 있지. 진짜… 아우."

파랑은 더 심한 말이 튀어나오려는 것을 간신히 참았다. 세상의 온갖 욕으로 분노를 표현하고 싶었지만 이연 앞에서 차마 그럴 수 없었다. 아무리 화가 나고 절망스럽다고 해도 이연만큼은 아닐

테니까.

고개를 숙이고 바닥만 보던 이연이 허리를 펴고 똑바로 섰다. 앙금처럼 남은 미련이 쓸려 내려가자 오히려 복잡했던 머릿속이 말끔해졌다. 턱짓으로 오토바이를 가리키며 화제를 돌렸다.

"너 오토바이도 몰아?"

"네가 배우랬잖아. 우리 일이 위험하니까 언젠가 유용할 거라면서."

기억나지 않았다. 여전히.

"근데 어떻게 네가 거길 온 거야? 아직 행진할 시간이잖아?"

"행진은 망했어."

코아궁에 가까워져 올 때쯤 코끼리 로봇이 문제를 일으켰다. 갑자기 패드가 먹통이 되더니 코끼리 로봇이 인도 쪽으로 몸을 틀었고 그와 동시에 행인 여럿이 쓰러졌다. 코끼리 로봇에 스치지도 않았는데 마치 밟힌 것처럼 할리우드 액션을 취한 것이다. 도로는 아수라장이 되었다. 기다렸다는 듯 사방에서 카메라 셔터가 쏟아졌고 고함이 난무했다. 종미가 나서서 원격 단말기로 코끼리 로봇을 작동 중지시키는 사이 원범이 파랑을 붙잡고 일렀다.

"네가 가고 난 후 행진이 엉망이 된 게 아무래도 느낌이 이상하다고 당장 너한테 가 보랬어."

그래서 급한 대로 거리에 잠시 정차한 배달 오토바이를 훔쳐서 연구소로 몰고 갔는데 도착한 지 몇 초 되지 않아 이연이 숨을 헐떡이며 밖으로 나온 것이다.

타이밍이 이연을 살렸다.

그런데 안도보다는 불안이 컸다. 이연은 이내 그것이 커다란 공백 때문임을 깨달았다.

"누누이는?"

"그게, 누누이가 사라졌어."

하고 싶은 것

"누누이! 누누이! 어딨어!"

"야, 그 이름 부르지 마."

"이름을 안 부르면 어떻게 찾아?"

"아씨, 그 이름은 우리만의 비밀인데."

"지금 그런 게 중요해?"

"중요한 건 누누이지. 근데 넌 행진 때 누누이 안 챙기고 뭐했냐!"

"그럴 정신이 없었다니까."

"어떻게 그 덩치 큰 애가 도심 한가운데서 감쪽같이 사라질 수 있는데? 혹시 정부 쪽 사람들이나 국제기관인지 뭔지 하는 자들이 누누이를 잡은 거 아니야?"

"그건 아닐 거야…."

"내가 연구소로 가지 말았어야 했어. 괜히 주제넘게 참견해가지곤…. 다 내 탓이야."

이연은 격한 감정이 넘쳐서 파랑에게 다짜고짜 누누이 이름 가지고 화를 냈지만, 그녀가 쏜 화살의 끝은 자신에게로 향해 있었다.

모든 게 제 잘못 같았다. 파랑은 이연이 지금 어떤 지옥에 있는지 알 것 같았다. 핏기가 사라진 이연의 손을 잡아주었다.

"우리가 꼭 찾을 거야. 가자."

파랑은 이연을 다시 오토바이에 태웠다. 누누이가 걷는 속도를 계산한 뒤 실종 지점에서 조금씩 넓혀가며 주변을 샅샅이 뒤졌다. 지키들 모두가 찾아나섰지만 누누이는 보이지 않았다. 어디로 가야 할지 몰라 도심 지역 전체를 뱅글뱅글 돌기만 했다. 잿빛 절망이 눈동자를 짙게 뒤덮었다.

몇 시간 후 파랑의 휴대전화로 장령의 메시지가 도착했다. 한 시민의 SNS를 캡처한 사진이 첨부되어 있었다. 화려한 조명 사이로 평범한 아이가 브이를 그리며 웃는 사진이었는데, 확대해보니 그 뒤로 입을 헤 벌리고 걷는 누누이가 보였다.

"여기에 갔다고? 어떻게!"

"코아궁 근처에 놀이공원이 있잖아. 거기를 갔네, 이 자식이."

파랑과 이연은 오토바이를 타고 달렸다. 입장권을 두 장 사서 놀이공원으로 들어갔다. 누누이가 어디 있는지는 멀리 가서 찾을 필요도 없었다. 플래시가 유독 반짝이는 곳이 있었다. 둘은 그곳으로 뛰었다.

누누이는 사람들의 관심이 쏟아지자 좋아서 어쩔 줄 몰라 꽈배기처럼 몸을 베베 꼬고 있었다. 그 위로 솔솔 설탕을 뿌려주면 딱이겠다 싶었다. 이연이 누누이에게 소리치며 달려가려고 하자 파랑이 손목을 잡았다.

"다들 누누이가 인형 탈을 쓴 알바인 줄 알고 있어. 근데 네가 난리 치면 누누이가 진짜라는 게 들킬 거고 그럼 대환장 파티야."

이연은 알았다면서 휴대전화를 꺼내서 팔 위로 번쩍 올린 뒤 숨을 크게 들이마셨다. 럭비를 하듯이 사람들을 헤치고 안쪽으로 파고들었다. 단숨에 누누이에게 다가간 뒤 셀카를 찍듯 팔을 뻗어 휴대전화 카메라를 위로 올리며 말했다.

"아! 너무 귀엽다! (야, 네가 여기 왜 있어?) 동영상 찍어도 돼요? 새로 나온 에버월드 캐릭터인가 보네! (일정이 있어서 가야 한다고 해.) 자연스럽게 치이즈."

귀가 밝은 누누이가 말 잘 듣는 아이처럼 크게 고개를 끄덕였다. 파랑이 손을 들어 신호를 주자 누누이가 사람들에게 말했다.

"저 가야 한대요."

맥락 없는 선언에 사람들이 가지 말라고 사진 좀 더 찍자고 난리였다. 파랑은 기지를 발휘해 크게 손뼉을 쳐서 사람들의 시선을 자신에게 모았다.

"신상 캐릭터 홍보 시간이 끝나서요. 저 인형 안에 있는 알바생도 숨 좀 돌리고 땀도 닦아야죠. 다들 조금씩만 물러나주세요."

이연이 누누이의 옆구리를 폭폭 찌르며 빨리 파랑을 따라가라고 속삭였다. 누누이는 마지막까지 해맑게 웃으며 자신을 따라오는 사람들을 향해 명랑하게 손을 흔들었다. 여기서 굿바이하는 게 너무 아쉬워하는 속내가 느껴질 정도였다. 사람들은 그들을 쫓다가 조끼를 입은 지키들에 의해 저지되었다.

"코끼리 로봇을 옮기고 오느라 좀 늦었어. 어때? 그럴듯하지?"

에버월드 상징인 노란 조끼까지 챙겨서 달려온 재치에 이연은 엄지를 올렸다. 퍼레이드가 시작된다는 스피커 방송이 퍼지자 사람들이 우르르 반대편으로 이동했다. 그제야 지키들은 한숨 돌렸다.

이연은 한쪽 구석으로 누누이를 데리고 가서 물었다.

"놀이공원엔 어떻게 들어온 거야? 입구에서 표도 없이 널 그냥 통과시켜 줬어?"

"응."

누누이가 크게 고개를 끄덕였다. 옆에서 종미가 말했다.

"오늘이 핼러윈날이라 한껏 꾸미고 들어오는 사람한테는 무료 입장이라고 적혀 있더라고."

몇 시간 전 코끼리 로봇 난동 사건으로 모두가 우왕좌왕할 때 누누이는 본능적으로 뛰었다. 한참 뒤 숨이 차서 멈추고 보니 주변이 온통 산이었다. 지키들이 보이지 않았다. 그래서 불빛이 제일 많은 곳으로 대피한 것이다.

"불빛이 있다는 건 사람들이 있다는 거니까."

"그러다 천군 같은 사람을 만나면 어쩌려고?"

"아."

이연이 일침을 가하자 누누이는 고개를 푹 숙였다. 지키들에게 둘러싸여 행복한 요 며칠 누누이는 설화도에 대해 잠시 잊고 있었다.

원범이 가라앉은 분위기를 바꿔보겠다며 소프트아이스크림을 사서 나눠 주었다. 누누이는 쭈뼛거리면서도 아이스크림을 거부하지 않았다. 처음 맛본 아이스크림에 눈이 번쩍 뜨였다. 혀를 작게 빼꼼 내밀어 아껴 먹으며 화려하게 돌아가는 전람차를 구경했다.

돌아가는 불빛 수를 세는 누누이 모습에 이연은 문득 소도에서의 일이 떠올랐다. 고개를 돌려 누누이를 휙 쳐다보며 물었다.

"너 왜 그때 나한테 거짓말했어?"

"내가 언제?"

"소도에서 네 나이 물었을 때 손가락을 끝도 없이 움직였잖아."

"거짓말 아니야. 내가 살아온 시간을 초로 계산해서 말해준 거야."

"헐. 왜?"

"…."

"나보다 나이 많아 보이고 싶었어?"

"응."

지키들이 키득거렸다. 자잘한 웃음들이 파도 타듯 이어지는데 장령이 다가왔다. 사람들이 언제 다시 사진 찍을 수 있느냐고 자꾸 물어서 놀이공원 관계자가 누누이를 찾아다니고 있었다. 이제 가야 할 시간이었다.

장령은 윤희연과 비밀 단체의 계략, 재선을 앞둔 심명근의 반격을 우려하며 각자 은신처에서 대기하라고 했다. 파랑이 이연과 누누이를 데리고 할머니 집으로 가겠다고 장령에게 말하는 사이 이연은 누누이를 달랬다.

"모든 게 다 끝나면 한 달에 한 번은 꼭 오자."

"한 달에 한 번?"

누누이는 '겨우?'라고 힐난하는 표정이었다.

"음, 주말마다."

"매일매일?"

누누이의 협상 능력에 이연이 한바탕 크게 웃었다. 누누이는 이연의 손을 잡고 엉덩이를 털고 일어나며 말했다.

"나 하고 싶은 게 생겼어. 다음 달에 여기 취직할 거야. 돈 많이 벌어서 매일매일 여기 아이스크림 사 먹을 거야."

이연은 누누이를 바라보며 미소 지었다. 취직, 돈, 아이스크림으로 이어지는 화살표 속에서 누누이는 미래를 꿈꾸고 있었다. 이연은 설화도에서 지낸 지난 일 년간 미래에 대해 생각해 본 적 없었다. 현재를 이어가는 것도 버거웠다.

누누이는 어땠을까. 자신보다 훨씬 더 오랫동안 그런 지옥에 있으면서도 버텨냈다. 그 끔찍한 시간 속에서 누누이를 붙잡아준 것이 혹시 과거의 추억이었을까. 아니면 혹시 올지도 모를 미래에 대한 희망이었을까.

미소의 끝이 씁쓸해졌다. 누누이는 찾았지만 연구소에 갇혀 있던 그 어린 것들은 어떻게 되는 걸까. 아직 누누이에게는 그 이야기를 하지 못했다. 자신을 대체할 설괴들이 또 만들어졌다는 사실을 알게 되면 누누이가 얼마나 힘들어할지 그로 인해 어떤 돌발행동을 할지 알 수 없었다. 파랑은 일이 정리되기 전까지 일단 조용히 있자고 했다. 이연은 마지못해 동의했지만 내내 마음이 무거웠다.

파랑이 옆으로 다가와 이연의 등을 쓸어주었다.

“우리가 모든 걸 바로잡을 거야. 꼭.”

이연은 뒤를 돌아보았다. 누누이 옆에서 지키들이 수다를 떨고 있었다. 아이스크림을 좋아하고 똥배를 자랑하는 대책 없이 착한 누누이는 이연에게 친구 이상이었다. 이연은 누누이의 순수한 마음을 지켜주고 싶었다.

이연이 누누이를 찾아달라고 부탁할 때 그녀의 주변 사람 모두가 말했다. 실제가 아니라고, 상상의 친구일 뿐이니 제발 철 좀 들라고 자신을 몰아붙이던 어른들의 말이, 지독히 외로웠던 어린 날이 주마등처럼 스쳐 갔다.

매일 꿈속에서 누누이를 찾아 헤매면서도 겉으로는 상상의 친구가 이제 더는 보이지 않는 척 가면을 썼던 날들. 이젠 그럴 필요가 없었다. 바로 그 친구가 옆에 있었다. 다시는 누누이를 놓치지 않겠다고 이연은 다짐하고 또 다짐했다.

이연은 소망했다. 우리의 이야기가 만일 글로 쓰인다면 꼭 동화였으면 좋겠다고. 꿈과 희망을 주는 동화는 언제나 행복하게 끝나니까. 그리고 동화 속 주인공은 꼭 누누이였으면 좋겠다고 바랐다. 동화에서 주인공은 죽지 않으니까. 언제나 주인공은 모든 것을 이루고 행복해지니까. 어느새 이연은 자신보다 누누이의 행복을 더 바라고 있었다.

소프트아이스크림을 다 먹은 누누이가 이연을 향해 손을 움직였다.

— 이연, 나 행복해.

— 나도 행복해. 이 순간이 영원했으면 좋겠다.

4부
아래에서 위를 향해

공격까지 남은 시간

"세상에, 그새 삐쩍 마른 것 좀 봐."

희끗희끗한 새치로 뒤덮인 보모가 이연을 보자마자 팔을 크게 벌려 안아주었다. 보모는 그대로였다. 코끝을 간질이는 고소한 누룽지 냄새도, 기대면 폭 스며들어 잠들 것 같은 푸짐한 몸매도. 이연은 보모를 안는 순간 모든 것이 떠올랐다. 보모가 자신을 얼마나 사랑하고 아껴주었는지.

"보고 싶었어요."

훌쩍이며 더 꽉 끌어안는데 등 뒤로 얼굴이 찌푸려질 만큼 쇳소리가 크게 났다. 모두가 잠든 밤거리를 울린 소리의 진원지를 따라 일제히 고개를 돌려 대문 쪽을 보았다. 이연을 따라 반쯤 열린 대문 사이로 들어오려던 누누이가 레이더망에 들어왔다. 도둑처럼 딱 걸린 표정으로 어깨를 옹송그리고 한 발을 든 채 동작을 멈추었다.

"맙소사."

보모는 누누이를 보고 말을 잇지 못했다. 이연이 보모의 손을 잡고 말했다.

"누누이에요. 같이 왔어요. …괜찮으시죠?"

"세상에, 내가 너한테 무슨 짓을 한 거니… 오."

보모는 눈물이 터졌다. 몇 년 전 그녀는 어린 이연을 지키기 위해 우리는 연구소에 간 적이 없다고 모든 것을 부정했다. 윤희연이 실험체가 사망했다고 보모에게 따로 전했기 때문이다. 보모는 차마 어린 이연에게 그 죽음을 알릴 수 없었다. 그래서 그 작은 털북숭이는 애초에 없었다고, 너희는 실제로 만난 적조차 없다고, 모든 건 상상일 뿐이라고 말했다.

그 작은 털북숭이가 이렇게 자라 그녀의 눈앞에 서 있었다. 보모는 하염없이 눈물을 흘리면서 누누이에게 한발 한발 다가갔다. 떨리는 손을 누누이에게 뻗었다가 멈췄다. 자신은 자격이 없다고 생각했다.

누누이가 보모의 손을 덥석 잡았다. 만져보라고 눈짓하면서 손을 쭉 끌어서 털 속의 제 배로 가져왔다. 너무 놀라 보모는 눈물이 딱 멈추었다.

"똥배예요."

누누이가 자랑스럽게 말했다. 보모는 당황스러운 눈빛으로 누누이와 이연을 번갈아 보았다.

이연은 난감한 표정으로 머리를 긁적이며 설명했다.

"그러니까 일종의 친밀감의 표현이에요. 누누이만의 인사법이라고 해야 하나…."

실험실에서 그렇게 모질게 사람한테 상처를 받아놓고도 스스럼없이 제 배를 내주다니. 이렇게 무해한 생명체가 고통받는 걸 보면서도 그간 아무것도 하지 못했다는 생각에 보모는 가슴이 저몄다.

파도처럼 밀려오는 감정의 너울을 누그러뜨린 후 보모는 누누이의 손 위로 제 두 손을 덮어 감쌌다.

"고맙다, 여태 살아 있어줘서. 우리 이연이를 다시 여기로 데려와 줘서."

누누이는 이연이 자신을 구하러 설화도로 온 것이라고 말하려고 했으나 이내 입을 다시 닫았다. 살아 있어줘서 고맙다는 그 말이 빗방울이 마른 땅을 적시듯 누누이의 가슴 속으로 천천히 스며들었다. 연구소의 지하 실험실과 설화도의 소도에 갇혀 있던 모든 날이 떠올랐다. 어쩌면 자신은 죽어 없어지는 게 나을지도 모른다고 생각한 날도 많았다. 그럼에도 불구하고 내일을 기다렸다.

오래전 그날, 지하 연구실로 그녀가 어린 이연을 데리고 온 날을 생각하며 하루하루 견뎌냈다. 실험실 천장에서 눈이 내리고, 어린 이연이 춤을 추고, 이름을 선물 받은 그날의 추억이 없었다면 오늘날까지 살아내지 못했을 것이다. 누누이는 보모를 꽉 껴안았다. 그들은 말없이 오래도록 서로를 안고 있었다.

지금이 새벽 한 시라는 건 그들에게 중요하지 않았다. 보모는 부엌으로 들어가 덜그럭거리며 야식을 준비했다. 잡채 접시를 상에 내려놓는 것을 시작으로 상다리가 휘어지도록 끊임없이 음식이 수

북이 쌓인 접시를 내왔다. 이연과 파랑이 부지런히 수저를 놀려 접시를 비워나가는데 옆이 고요했다.

"왜 안 먹어? 입맛에 안 맞니?"

보모의 물음에 누누이가 말없이 이연을 보았다. 이연이 대신 설명했다.

"누누이는 설화도에서 주먹밥만 먹었어요. 접시와 수저는 좀 생소할 거예요."

보모는 싱크대 찬장에서 큰 볼을 꺼내와서 밥과 반찬을 한데 넣고 솜씨 좋게 비빈 후 손에 쥐고 꼭꼭 눌러 주먹밥을 만들었다. 누누이는 평소처럼 주먹밥을 쥐고 밥알을 하나씩 떼어서 먹었다. 이연이 아껴 먹지 않아도 된다며 말리려는데 보모가 인상을 팍 쓰고 말했다.

"그렇게 깨작거리면 복 날아가. 입에 가득 넣고 먹어야지!"

누누이는 제 앞의 커다란 접시에 산처럼 쌓여가는 주먹밥을 감상하다가 파랑과 이연을 돌아보았다. 그들이 동시에 비장하게 고개를 끄덕였다. 그것이 신호가 되어 누누이는 양손에 주먹밥을 쥐고 와구와구 씹기 시작했다.

"아구 잘한다. 어여 더 먹어."

보모의 응원 속에 이연, 파랑, 누누이는 게 눈 감추듯 접시를 비웠고 보모는 그들이 내민 빈 그릇을 세상에서 가장 큰 선물처럼 받아 들었다. 식사가 끝난 후 이연은 옛날처럼 보모의 무릎을 베고 평상에 누웠다.

행복한 시간은 장령이 마당에 들어서면서 끝났다. 장령은 오래 전부터 계획한 일을 실행할 때가 왔다면서 그들을 찾아온 이유를 꺼냈다.

"미사일로 블루스카이를 날려버릴 거다."

미사일이라니.

이연은 바닥을 내려다보았다. 오래된 옛집이라 노란 바닥 장판 곳곳이 갈라졌다. 달그락거리는 소리와 함께 부엌에서는 보모가 장령에게 대접한다며 사과를 깎고 있었다. 파랑이 어렸을 때부터 자라온 모습이 액자 속에 담겨 벽에 빼곡한 이곳은 평범한 집이었다. '미사일'이란 말은 이런 곳에 어울리지 않았다.

이연은 숨소리 변화도 없이 평온한 표정으로 장령을 보았다. 미사일이라는 게 동화 속 용처럼 그 실체가 느껴지지 않았다. 동화에서 갑자기 빌딩만 한 용이 나오면 그런가 보다 하지 현실에서 용이 불을 뿜으면 어쩌냐며 호들갑스럽게 굴진 않으니까.

"미사일이 뭐예요?"

불편한 침묵을 깨고 누누이가 물었다. 누누이는 눈을 땡글 거리며 모든 이야기를 듣고 있었다. 장령은 한 마디로 일축했다.

"넌 몰라도 된다."

이연은 한쪽 눈썹이 지휘봉처럼 번쩍 처들렸다. 애들은 빠져, 라는 말이 꼬리처럼 음흉하게 숨어 있었다. 누누이에게 다붙으며 설명했다.

"저 미친 아저씨가 하늘에 폭탄을 쏴서 블루스카이를 파괴하겠다는 거야."

폭탄과 파괴라는 가시를 품은 말이 누누이의 마음 위로 던져지자 서서히 동심원을 그리며 퍼져나갔다. 누누이의 털이 삐쭉 솟았다. 누누이는 동아줄을 붙들 듯이 제 두 손을 파랑과 이연에게 뻗어 그들의 손을 꽉 잡았다.

이연은 다들 왜 이렇게 심각하게 구는 거냐며 코웃음을 쳤다.

"'미사일'이란 게 지키들 은어인 거죠?"

장령은 대답하지 않았다.

"말이 안 되잖아요. 미사일이 애들이 갖고 노는 파워레인저 장난감 총도 아니고. 그쪽이 군인이었어도 이건 말이 안 돼."

"전직 군인이었지. 하지만 내가 미사일을 얻게 된 곳은 코아가 아니다."

무기 접선책은 불명예제대 군인을 포섭하는 과정에서 알게 되었고 해외에서 미사일을 구매해 어둠의 경로로 배에 옮겨 놓았다며 담담하게 말을 이었다. 살이 붙으니 그럴듯해졌지만 여전히 믿을 수 없었다. 믿고 싶지 않았다.

이연은 팔짱을 끼며 비꼬았다.

"미사일을 무슨 돈으로 사요? 여기 내가 모르는 재벌이 있었나? 알고 보니 재계에서 이름난 분들이라 다들 섬 하나씩은 쟁여뒀나 봐요?"

"돈의 출처를 알고 싶어?"

"십시일반 돈을 모았을 린 없잖아요. 그 엄청난 자금을 댄 미친 후원자가 누군데요?"

"심이연 너야."

이연은 일시 정지 버튼을 누른 것처럼 움직이지 못했다. 그 말이 기폭제가 되어 머릿속 뉴런이 빠르게 움직였다. 그 돈을 어떻게 마련했는지 알 것 같았다. 이연은 심명근의 정치자금과 윤희연의 연구자금만 마련한 게 아니었다. 온라인 세상에서 숫자로 존재하는 가상화폐를 빼돌려 지키들에게 건넨 것이다.

"이야, 내가 아주 끝내주는 해커였네."

비틀린 자조로 코웃음 치는 사이 파랑이 장령에게 맞섰다.

"미사일은 최후의 수단으로 준비한다면서요!"

"우리가 안전하고 착한 방법을 고수하는 동안 적은 턱 끝까지 왔어. 미온한 태도로 일관하다간 우리 역시 쥐도 새도 모르게 사라질 거다."

"설화도 자체를 없앨 거예요. 그러니까 안 그래도 된다고요."

이연은 말없이 장령을 응시하고 있었다. 설화도에서 처음 그와 마주했을 때 장령은 천군의 병사를 서슴없이 총으로 쐈다. 그때부터 사람 목숨을 가볍게 보는 것 같아 불편했는데…. 장령은 온몸에서 위태로운 분위기를 뿜어냈다.

"언제까지 시위 피켓만 들 거지? 그들이 우리 이야기에 귀 기울이고 바꾸게 하려면 우리도 강하게 나가야 해."

최근에 지키들은 전 세계 449개의 단체와 연합해서 전 세계의 정부에 원전은 기후 위기의 대안이 아니라는 공동성명을 보냈고 핵발전이 아닌 재생에너지로 전환해야 한다는 것을 강조했다. 핵발전에 투자되는 모든 돈은 재생에너지 기술에 대한 투자를 빼앗고 있었다.

전 세계 단체와 연합해서 각국 정부에 핵발전에서 재생에너지로 전환해야 한다고 부르짖었지만 모두 코아의 블루스카이 눈치만 볼 뿐이었다. 그러던 중 어제 오랫동안 준비해 온 시위조차 정부의 조직적인 방해로 허무하게 무산되자, 남은 수는 미사일뿐이라며 장령이 지키들을 설득한 것이다.

"우리가 의식 있는 착한 소시민으로 남은 결과가 뭐지? 저 하늘을 꽉 막고 있는 블루스카이와 쓰레기통인 설화도야. 사람들이 기억을 잃고 죽어갔어."

"그들이 잘했다는 게 아니에요. 하지만 우리는 그들과 다르다는 걸 보여줘야죠. 조금씩 변할 거예요. 세상은 무조건 꼭 변해요!"

"가진 자들은 제 손에 든 사탕을 절대 놓지 않아."

이제껏 역사에서 그래왔듯이, 라는 말을 꼬리처럼 덧붙였다.

듣지 않으려는 자에게는 그 어떤 말도 소용없었다. 그래서 파랑과 이연은 설득 방법을 바꿨다. 장령이 아무리 지키들의 수장이라고 해도 일을 독단적으로 처리할 수 없다며 지키들 모두와 이야기해야 한다고 주장했다. 장령은 그 말에 동의했다.

"그래서 너희를 찾아온 거다. 어리지만 너희도 지키니까."

표결 결과 최후의 수단으로 미사일을 쓸 때가 왔다는 것에 동의한 지키들이 다수였다. 이연과 파랑이 반대를 던져도 찬성 42 반대 41이었다. 한 표 차이였다.

"저도 반대해요. 내 숫자도 넣어요."

누누이는 'ㅈㅣㅋㅣ'가 쓰인 제 손바닥을 장령에게 보였다. 장령은 헛웃음을 지었다.

"네 손바닥 도장은 지키들이 장난으로 한 거야."

'장난'이란 말에 파랑의 눈썹이 가운데로 모였다. 장난은 이럴 때 쓰라고 만든 말이 아니다. 남들과 다르다는 이유로 왕따를 시키고 괴롭히며 가해자들은 언제나 말했다. 그냥 장난이었다고. 파랑이 분노를 차갑게 식혀 이성적으로 반박했다.

"아무리 수장이라고 해도 지키들의 모든 선택을 대변하는 건 아니에요. 지키들의 행동을 장난으로 매도하지 마세요. 누누이는 어젯밤 행진에도 참여했어요. 지키의 상징이라고요. 누누이가 지키인지 아닌지 다른 지키들에게 공지하고 물어보는 시간을 갖죠."

이연은 노트북으로 보안 화상 채팅방을 개설 후 지키들을 초대했다. 각각의 아지트에서 지키들이 접속하면서 화면 창이 지키들의 얼굴과 아이디로 가득 찼다.

"누누이가 우리와 같은 지키라고 생각하는 분은 손을 들어주세요."

장령을 제외하고 전체가 손을 들자 장령은 어쩔 수 없다는 듯 선언했다.

"블루스카이 미사일 공격 표결은 42 대 42가 되었습니다."

장령의 발표에 채팅창은 여름밤 개구리를 풀어놓은 것처럼 와글와글 시끄러워졌다. 팽팽한 줄다리기는 이연이 윤희연 연구소에서 알게 된 정보 때문에 한쪽으로 급격하게 쏠리기 시작했다. 심명근이 기억상실 유도제를 지키들이 만든 것으로 조작 증거까지 마련해두었으니 우리도 강경하게 나가야 한다는 쪽으로 저울의 추가 기울었다. 침묵으로 지켜보던 이연이 나섰다.

"블루스카이 공격은 최후의 카드예요. 며칠만 더 지켜보자고요."

"대체 언제까지 기다리라는 건데?"

"우린 지금 실수하면 안 돼요. 그건 모두 동의하잖아요?"

수 시간 논의를 거친 뒤 지키들은 결론을 내렸다.

'미사일 발포는 보류하되 사흘 안에 변화가 없으면 블루스카이를 공격한다.'

남은 시간은 이틀하고 23시간이었다.

왕따는 사라지지 않는다

"진짜 쏘면 어떡하지?"

장령이 돌아간 후 미사일을 쏘았을 때 어떻게 되는지 동영상으로 검색해 본 누누이는 잠도 자지 못하고 안절부절못했다.

"너무 걱정하지 마. 지키들은 절대 미사일 못 쏴."

"쏜댔어. 시간이 얼마 안 남았어."

"우리도 미사일 있으니까 함부로 건들지 말라는 식으로 협박 시위를 하는 거야. 블루스카이를 없애지 않으면 미사일 쏘겠다는 식으로 협박하려나 본데, 그러면 여론이 좀 들끓겠지만… 아 여론!"

이연은 노트북을 열었다. 지키들이 거리 행진을 하며 사람들의 관심을 집중시키려고 애썼듯이 정부 역시 여론에 신경 썼다. 기울어지는 민심이 크게 스피커를 만들어 그들의 목소리에 힘을 실어줄 테니까.

대형 전광판에서 본 선거 광고가 떠올랐다. 지금은 특히 여론에 촉각을 곤두세우는 시기였다. 며칠 전 벌어졌던 2차 대선 토론 동영상을 찾아 클릭했다. 야당에서 출마한 오 후보가 심명근을 공격했다.

"코아는 전 세계에서 전기 요금이 가장 저렴한 국가입니다. 전기가 콜라보다도 훨씬 더 쌉니다! 이게 말이 된다고 보십니까?"

카메라가 심명근을 비추었다. 이연은 노트북 모니터 가까이 다가갔다. 심명근이 즉석 추가 질문이라 당황한 표정을 지으며 양복 앞섶을 살짝 당겼다.

"미리 준비했네."

이연의 예상대로 심명근이 마이크를 잡고 침착하게 답변했다.

"코아는 값싼 전기의 힘으로 초집약적 기술을 발전시켜서 선진국 반열에 올랐습니다. 코아가 살기 좋은 나라 1위로 뽑힌 이유도 풍족한 전기에서 오는 안정적인 사회 시스템 때문이라는 건 다 아실 겁니다. 세계 강국이 겪는 에너지 문제를 유독 코아만 피해 간 게 우연이라고 보십니까? 곧 겨울이 올 겁니다. 오 후보께서는 우리도 그들처럼 추위에 얼어 죽길 바라는 겁니까?"

"비약이 너무 심하지 않습니까? 말씀을 가려서…."

"이상입니다."

심명근이 노련하게 치고 빠지자 반대 진영인 오 후보는 얼굴이 붉으락푸르락했다. 사회자가 후보들을 진정시킨 후 다음 키워드로 질문을 이어갔다.

"전력 생산 비용 문제에 대해서 어떻게들 생각하십니까? 먼저 정 후보께서 말씀해주시죠."

"공장에서부터 재생에너지를 사용해 이산화탄소가 대기 중으로 날아가지 않도록 막는 편이 비용도 훨씬 덜 듭니다. 문제가 터지기 전에 싹을 뽑아 버리는 겁니다."

박 후보가 반박했다.

"그 비용은 누가 냅니까? 기업이 담당합니까? 기업이 망하면 그들 가정은 누가 먹여 살릴 겁니까? 정부가 한다고 칩시다. 정 후보께서 늘 주장하는 게 정부가 나서서 해결해야 한다 이거니까. 정부의 돈은 어디서 나오죠? 아, 시민들 세금으로 하면 되겠네요."

이연은 박 후보가 심명근과 연합하겠다는 기사를 곧 보게 될 것으로 예측했다. 심명근을 대통령을 만들기 위해 민감한 사안에 대해서는 거칠게 쏘아붙일 행동대장이 필요했는데 그게 이번에는 박 후보였다. 심명근의 숨은 왼팔이랄까.

심명근의 오른팔은 따로 있었다. 오래전 이연도 그를 딱 한 번 본 적이 있었다. 그는 정치가 쇼 비즈니스와 같다는 걸 아주 잘 이해했다. 그는 컨설턴트로서 기본 전략, 이슈 창출, 홍보, 후보자 발언과 행동 자문, 상대 후보 조사, 모금 운동 등을 총괄했다. 후보자가 교육 개혁을 주장할 땐 무엇보다도 어린아이들을 진정으로 사랑하는 모습을 보여줘야 한다면서 여론에 비치는 모습에 특히 신경 썼다. 그런 측면에서 언제 터질지 모르는 시한폭탄 같은 이연은 무슨 일이 있어도 꼭꼭 감춰야 할 대상이었다.

천궁에서 천군이 파랑을 고문하고 이연을 심문하기 전 통화한 남자, 김 비서. 김 비서는 심명근의 외동딸이 미성년자라는 이유를 대외적으로 내세우며 이연이 어떤 언론에도 노출되지 않도록 했다.

그래서 이연을 아는 이는 극소수뿐이었다. 이참에 천군이 날 없애 주면 땡큐라고 생각했던 걸까. 그게 과연 김 비서 혼자만의 생각이었을까. 이연은 생각을 곱씹을수록 입안이 썼다.

언제까지 이렇게 실체도 없이 그림자처럼 살아야 할까. 나는 과연 '나'로 살 수 있을까. 유명한 인플루언서의 삶을 동경하는 게 아니었다. 그저 온전히 내 목소리를 내는 1인분의 삶을 살고 싶을 뿐이었다. 보통 사람처럼.

이연은 영상을 이어서 보았다. 블루스카이 시스템에 반대하는 오 후보도 만만치 않았다. 차례가 아닌데도 박 후보를 향해 받아쳤다.

"박 후보는 말도 안 되는 가정을 현실처럼 말해서 국민들을 현혹하고 있습니다."

"근거가 왜 없습니까. 블루스카이 덕분에 코아는 기존의 발전소에서 전기를 계속 생산할 수 있습니다. 화력발전소는 저렴한 비용으로 확실한 효과를 보장합니다. 하지만 환경 단체들이 주장하는 다른 방법들은 비용이 어떻죠? 원자력 발전소는 24시간 운영되지만 풍력은 바람이 불 때만이죠. 태양열 발전소? 해가 24시간 떠 있습니까? 유효 생산량이 30퍼센트밖에 되지 않습니다. 재생에너지에 기대면 전기 요금이 천정부지로 오르겠죠. 국민들은 텔레비전 시청을 4분의 1로 줄여야 합니다. 컴퓨터, 휴대전화도 마찬가지입니다. 그걸 오 후보가 해결할 수 있습니까?"

"기술은 계속 발전합니다. 고로 우리는…."

오 후보가 메모 내용을 바탕으로 반박하려는데 심명근이 마이크를 잡고 끼어들었다.

"모두를 살릴 기술은 이미 우리에게 있습니다. 우리의 하늘을 지켜주는 블루스카이가 있지 않습니까. 그 효과는 수많은 지표로 증명했고요."

이연은 화면을 정지한 뒤 댓글 창으로 내려갔다. 압도적으로 블루스카이 찬성론이 우세했다. 댓글 중 주소가 적힌 창을 연결해서 넘어가니 새로운 인공섬 개발 관련 기사가 있었다. 파랑이 뒤에서 모니터를 보며 중얼거렸다.

"선거가 다가오니 인공섬 얘기도 슬슬 공식화하려나 보네."

이연은 머그잔에 담긴 커피를 쭈욱 들이켰다. 남은 시간 안에 블루스카이의 오류를 밝혀서 신뢰성을 떨어뜨리는 게 이연의 계획이었다.

"이 세상에 완벽한 보안은 없어."

인터넷으로 연결된 검은 세상에 오롯이 들어갔다. 심장이 두근거렸다. 심장 박동은 기회가 왔다는 신호처럼 느껴졌다. 모든 걸 바꿀 기회가 제 손에 달려 있었다. 손이 빠르게 움직였다. 먼저 블루스카이 시스템을 누가 관리하는지부터 조사했다. 적을 알고 나를 알아야 한다는 손자병법은 21세기에도 유용했다. 적에 대해 알면 독특한 시그니처를 분석해서 접근 방법을 결정하는 데 도움이 됐다. 하지만 개발자와 관리자 모두 철저하게 감춰져 있어서 그 배후를 알 수 없었다.

지금부터는 이연이 하나하나 직접 뜯어봐야 했다. 코드 내에 애플리케이션이나 데이터베이스에 접근하는 ID나 패스워드 정보가 들어있는 하드 코딩이 없나 하나하나 확인했다. 어레이를 잘못 잡지는 않았는지, 바운드 점검을 하지 않는 함수를 사용하진 않았는지, 암호화와 부호화를 혼동하진 않았는지 샅샅이 훑었지만 아무것도 없었다. 시간 내에 혼자서 블루스카이 시스템을 뚫는 건 불가능에 가까웠다.

"약한 고리가 분명히 있을 거야."

바위에 부딪히는 달걀처럼 깨지고 깨져도 이연은 계속 돌진했다. 몇 시간 후 노트북을 소리 나게 팍 치며 타이머를 맞춰둔 시계를 보았다. 28시간이 남았다. 이연보다 뛰어난 전문가는 많았고 그 모든 전문가가 모인 게 블루스카이였다. 그래서 이연은 정보를 빼돌리는 데 실패했다. 아주 당연하게도.

당연하다는 것이 뼈아프게 가슴을 후벼팠다. 이연은 당연하다고 서슴없이 말하는 세상의 모든 것들을 증오했다. 그 증오의 화살표는 부메랑처럼 돌고 돌아 자신에게로 또 향했다. 늘 그러했듯이.

"네 탓이 아니야. 보안에 더 신경 썼을 거야. 로열티를 내지 않기 위해 각국에서 블루스카이 기술자를 빼내려 한다는 말까지 있었으니까."

파랑이 기사에서 본 말을 인용하며 다독였지만 이연은 고개를 가로저었다.

"내 실력이 여기까지인 거야. 마법의 눈 해킹한 게 걸려서 설화도에 붙잡혀 갔었잖아. 그때 이미 난 내 한계에 부딪혔던 거야."

더는 할 수 있는 게 없다.

그 사실을 깨닫는 순간 이연은 기묘하게도 안도했다. 이제 그만 해도 될까. 최선을 다했으니 멈춰도 되지 않을까. 한일자로 입을 꾹 다물고 집요하게 그 생각에 매달렸다. 하늘에서 내려진 동아줄처럼 꽉 쥐고 놓지 않았다.

내 책임이 아니다.

생각을 이어갔다. 나는 잔다르크가 아니다. 슈퍼히어로 흉내는 여기까지면 충분하다. 애초에 세계를 구원하려고 시작한 일이 아니었다. 오직 누누이를 구하려고 시작한 일이었다. 블루스카이를 무너뜨리고 설화도의 실체를 폭로하려고 했던 것들이 모두 누누이를 위해서였다.

지금 누누이가 내 옆에 있다.

하지만 이연은 누누이를 볼 용기가 나지 않았다. 파랑은 더더구나 볼 수 없었다. 얼음이 다 녹아버린 커피가 담긴 머그잔을 꽉 쥐었다. 손가락 끝이 하얘지도록.

"커피 좀 그만 마셔."

파랑이 가볍게 타박하며 손에서 머그잔을 빼앗았다. 이연이 파랑을 올려다보았다. 이연의 눈가가 붉게 물들어 있었다.

안녕하세요 국민 여러분

눈물을 참느라 붉어진 이연의 눈을 들여다보며 파랑이 씨익 미소 지었다.

"누누이랑 똑같네. 누가 보면 남매인 줄 알겠다."

"나 아무래도…. 실은 이제 그만…."

이연은 말을 잇지 못했다. 파랑은 아까부터 부처님 같은 미소로 자신을 보고 있었다. 이연은 줄을 꽉 당겨 매듯 입가를 조인 채 파랑을 쏘아보았다. 무슨 말이라도 좀 해보라고 원망을 담아서.

파랑은 목구멍으로 나오려는 말을 미소 뒤에서 꾹꾹 누르고 있었다. 괜찮으니 마음 가는 대로 하라고 말하고 싶은데 차마 그 말이 떨어지지 않았다. 그건 마음과 다르니까.

한참 뒤 이연의 바람대로 파랑이 입을 열었다.

"커피 금지. 각성제든 뭐든 앞으로 어떤 약도 먹지 마."

비겁하지만 커피 탓으로 돌리고 싶다. 지금 심장이 너무 빨리 뛰어서 그런 거라고. 잠을 오랫동안 자지 않아서 약해진 거라고. 커피가 나쁜 거라고.

이연이 물었다.

"…그게 전부야? 더 할 말 없어?"

"너는?"

기회였다. 발을 빼려면 지금이 기회다.

아이러니하게도 지키들의 구호가 떠오르자 이연은 실소가 목구멍까지 차올랐다. 누누이가 제 옆에 있고 보모도 다시 만났는데도 여전히 머릿속엔 블루스카이, 설화도, 지키에 대한 생각으로 가득 차 있었다. 이연은 손바닥으로 얼굴을 세수하듯 비볐다.

"아, 늦었어! 이렇게 된 거 끝까지 가. 아 몰라. 가보자고."

그제야 긴장이 풀린 파랑이 팔꿈치로 이연을 툭 치며 장난스레 말했다.

"왜? 나 때문에? 역시 내가 걱정돼서 혼자는 못 두겠는 거지?"

"그러고 보니 내가 이 일을 해야 하는 이유 중에 넌 없네. 우와, 신기해."

이연은 심각한 표정으로 고개를 주억거리며 창문을 열었다. 밖으로 상체를 쭉 빼서 하늘을 올려다보는데 답답함은 가시지 않았다. 블루스카이 시스템이 쉴 새 없이 더러운 것들을 설화도로 몰아주는 모습을 머릿속으로 상상하니 욕지기가 치밀었다. 자신들의 눈에 보이지만 않으면 그만이라는 사람들의 태도, 딱 질색이었다.

누누이를 구했는데도 계란으로 바위 치기를 계속 해야 하는 이유? 안 하면 미치겠으니까. 거짓말로 도배된 세상이 신물 나니까. 지구를 보호하고 환경을 되살리겠다는 거창한 대의명분 때문이 아니었다. 이연은 거짓말이 싫어서 이 일을 시작했다. 지겨운 거짓말에 마침표를 찍기 전까지는 멈추지 않을 것이다.

해야 할 일이 많다며 파랑에게서 머그잔을 빼앗아 남은 커피를 단숨에 들이켠 후 기지개를 켰다.

"다시 해보자고. 방법이 있을 거야. 음, 방법이… 으음."

노트북 앞에 다시 앉았지만 손가락은 움직이지 않았다. 시간은 자꾸 가는데 파랑도 이연도 쉽게 입을 떼지 못했다. 정적이 방 안에 코끼리처럼 꽉 들어찼다.

누누이가 손을 들고 입을 열었다.

"나도 방법 있어!"

이연과 파랑이 기대는 없지만 예의상 그래도 들어주자는 표정으로 누누이를 보았다. 그런 줄도 모르고 누누이는 눈에 힘을 주고 진지하게 말했다.

"우리 편을 늘리자. 사람들이 많아지면 우리 이야기에 귀 기울일 거야."

지키들이 미사일 공격을 하자는 제안이 나왔을 때 다수결로 정하는 모습과 선거에서 얼마나 많은 득표수를 얻느냐에 따라 대통령이 결정된다는 것을 본 누누이가 자신들도 그렇게 하자고 설득했다.

파랑이 이연에게 물었다.

"인터넷 방송이라도 할까?"

"누가 우릴 보겠어."

"누군가는 보겠지."

"지금부터 제3차 대선 후보 토론을 시작하겠습니다."

거실에서 보모가 마늘을 까면서 텔레비전에서 나오는 대선 토론을 틀어놓고 있었다. 이연은 거실로 나가 텔레비전을 보고 씨익 웃었다.

파랑이 불안한 표정으로 물었다.

"대선 토론 후보장에 난입하려는 건 아니지?"

"그런 올드한 방법은 안 써."

"저 방송 해킹하게? 그러다 걸리면? 너무 위험해."

"사람이 죽었어. 아무것도 안 하면 더 많은 사람이 죽을 거야."

이연의 말에 파랑은 아무 말도 하지 못했다. 이연은 겉옷을 챙겨 들고 후드를 뒤집어쓴 뒤 나갈 준비를 마쳤다. 보모가 무릎을 짚고 몸을 일으키며 이연을 향해 물었다.

"이 밤에 어디 가려고?"

"여기서 하면 바로 추적당해서 이동하면서 하려고요."

"아이고 이 고사리 같은 손으로…"

"걱정 마세요. 꼭 다시 올게요. 절대 안 붙잡힐 거예요."

"그러엄. 우리 이연이 얼마나 야무진데."

보모가 이연을 안고 등을 쓸어주었다. 옆에서 운동화 끈을 매던 파랑이 구시렁거렸다.

"누가 보면 이연이 할머니 손주인 줄 알겠어. 나는? 나는 걱정 안 해?"

"넌 이연이 하는 일 거치적거리지 않게 빨리빨리 따라다니고 저 덩치 큰 녀석도 잘 보살피고. 아직 해먹일 게 많으니까 밖에서 군것질 너무 많이 하지 말고."

"이연이랑은 감동 드라마 찍어놓곤 왜 나랑은 일일연속극인데?"

파랑이 구시렁거리거나 말거나 보모는 신발장을 열어 깊숙한 곳에서 열쇠를 꺼내 건넸다. 열쇠를 받아 든 파랑의 눈이 동전만큼 커졌다.

"진짜 몰아도 돼?"

"그 고물은 이번 기회에 폐차시켜 버려. 근데 니들은 몸 상하면 안 된다. 알았지?"

"알았어. 흐흐."

누누이가 빨리 가자고 재촉하며 마당으로 뒤뚱뒤뚱 나왔다. 파랑이 손바닥을 앞으로 쭉 내밀고 고개를 가로저었다.

"넌 안 돼. 집에 있어."

"왜?"

"그 모습으로 나갔다간 골목 돌기도 전에 찰칵찰칵이야."

파랑이 심각한 표정으로 목소리를 깔고 말했지만 이연은 동의하지 않았다. 똥고집이라면 파랑도 못지않았다.

"재가 운전해? 재가 해킹할 거냐고. 재는 왜 가. 잰 여기 있으라고 해."

"재 아니고…."

"누누이, 아 누누이 나도 안다고. 그래도 안돼."

"난 누누이랑 안 떨어질 거야. 절대!"

이연은 저번에 누누이를 잃어버려서 찾아 헤맸던 일을 상기시키며 무조건 함께 움직여야 한다고 고집했다. 그때였다. 예상치 못한 방법으로 누누이가 재등장했다.

"짜잔!"

누누이가 자잘한 꽃무늬가 프린트된 커다란 이불을 뒤집어쓴 채 입으로 효과음을 냈다. 보모가 생각해 낸 나름의 방책이었다.

"여차하면 이삿짐인 척하고 굴리면서 가. 내리막길이라 괜찮을 거야."

"뭐가 괜찮다는 건데? 아 미치겠네. 할머니까지 왜 이래 진짜."

여기서 이성적인 사람은 자신뿐이냐며 파랑이 정색하고 항의했지만, 이연과 누누이와 보모는 한패였다. 이연과 누누이는 개선장군처럼 대문으로 향했다. 자신이 차를 집 앞으로 가져오겠다며 파랑이 나서도 소용없었다. 성격 급한 이연은 가만히 앉아 기다리지 못했고 누누이는 이연과 떨어질 생각이 없다며 금붕어 똥처럼 그 뒤를 졸졸 따라갔다.

다행이라면 공용주차장이 산길을 통하면 바로 나온다는 것이다. 주차요원은 화장실 가고 없었고 캠핑카는 구석에 주차되어 있었다. 반쯤 포기한 파랑이 될 대로 되라는 얼굴로 운전석으로 가서 앉았다. 이연이 뒷문을 열고 휘둥그레진 눈을 굴리며 물었다.

"근데 이 차는 뭐야?"

"할머니 모시고 전국 여행 가려고 뽑았는데 할머니가 멀미 난다고 내가 모는 차는 안 타겠다고 하셔서 주차장에서 계속 썩고 있었지."

"너 운전면허도 있어?"

"내가 누누이 말했잖아. 너보다 다섯 살 오빠라고. 올해 스물셋이라니까?"

"누누이?"

뒷좌석에 탄 누누이가 제 이름이 나오자 고개를 갸웃하고 앞쪽의 파랑을 보았다.

"그 누누이가 아니라, 뭐야, 네 이름이 그런 뜻이었어?"

"빨리 가자. 시간 없어."

이연이 한가롭게 이름 이야기할 때가 아니라며 다그쳤다.

"도심 쪽으로 가야 해. 인터넷 연결이 잘 돼야 하니까."

"걱정 마. 차 위에 다 설치했어."

파랑은 할머니가 좋아하는 연속극이 잘 나오게 하려고 만반의 준비를 한 상태였다. 훈훈한 분위기는 파랑이 운전을 시작하는 순간 깨졌다. 캠핑카는 가다 서기를 반복하며 덜컹덜컹했다.

악조건 속에서도 이연은 노트북으로 인터넷에 접속했다. 블루스카이 보안 시스템은 뚫을 수 없었지만 방송국은 어렵지 않았다. 오래전 비상책으로 만들어 놓은 백도어로 빠르게 방송 선을 훔쳐냈다.

파랑은 운전하면서 이연에게 물었다.

"마스크 줄까? 아니면 뒤쪽에 불 끌까?"

"필요 없어. 난 오늘 다 까발릴 거야."

오늘이 바로 그날이었다. 검은 그림자에서 드디어 밝은 빛으로 나오는 순간. 진짜 내가 누구인지 드러낼 기회. 이연은 숨을 크게 들이마시고 엔터 버튼을 꾹 눌렀다. 빨간 동그라미에 불이 들어왔다.

"안녕하세요 국민 여러분, 저는 심이연입니다."

전국적으로 방송은 시작되었고 이제는 멈출 수 없었다. 삼단뛰기로 빠르게 피가 돌았다.

이연은 빨간 점을 쏘아보며 말을 이었다.

"저에 대해 많이들 궁금하셨죠? 코아 대통령과 호적도 같습니다. 해외 병원에 있는 거 아니냐며 그간 추측이 난무했는데요, 대외적으로 해외 유학 중이라고 알려진 그 딸은 이제껏 설화도라는 섬에 갇혀 있었습니다."

입이 말라 침을 삼킨 후 말을 이었다.

"블루스카이로 만들어진 인공섬 설화도가 무인도인 줄 아시겠지만, 블루스카이 정책에 반대하는 사람들을 모아서 거기에 가뒀어요. 기억상실 유도제를 우물에 풀어서 기억도 싹 지웠죠. 바보인 채로 산성눈 맞다가 고통스럽게 죽으라는 거죠."

사람들의 반응을 확인하고 싶었지만 이건 채팅창이 달린 인터넷 방송이 아니었다. 일단 내지르고 결과를 기다리는 수밖에. 계속 말을 이었다.

"게다가 누누이라는 미움받이를 설화도의 소도에 넣어서 눈이 내리는 게 그 녀석 탓인 것처럼 조작했죠."

캠핑카가 과속방지턱에 걸려 덜컹댔다. 잠깐 화면 밖으로 나갔다가 돌아온 이연이 아무 일도 없던 것처럼 태연히 말을 이었다.

"오염된 설화도를 심해에 묻고 새로 인공섬을 만든단 말이 있는데, 하. 플랜 B는 없어요. 우리가 이사 갈 플래닛 B? 그딴 건 없다니까요. 우리한테 이 병든 지구가 전부예요. 지구가 고향이고 여기가 우리 집이에요. 바다에 묻든 위에 떠 있든 설화도 역시 지구에 있고, 설화도 사람들도 우리와 같아요. 그리고 누누이는…."

이연은 누누이에게 빨리 오라고 손짓했다. 누누이가 쪼르르 달려와 화면을 향해 손을 흔들었다. 누누이가 준비한 말을 했다.

"누누이는 심연의 친구, 여러분의 친구입니다. 영원히."

이연과 준비한 대사는 그게 아니었다. 윤희연 연구소에서 벌어진 실험이 얼마나 잔인했는지 밝히기로 했는데 계획한 것과는 달리 첫 마디가 너무 발랄했다.

이연이 눈을 크게 뜨고 어떻게 된 거냐고 쏘아보자 누누이가 이연을 보며 해명했다.

"파랑이 이렇게 말하랬어. 첫 인사가 중요한데 너무 딱딱하면 안 좋다고. 이래야 더 사람들이 좋아할 거래."

"걔 이름을 말하면 어떡해! 걘 끝까지 감췄어야지."

"파랑도 우릴 도와줬는데 사람들이 알아야지. 파랑이 얼마나 착한 사람인지."

"그만하라고 그 얘기는!"

"파랑 얘기는 하면 안 되는 거였어?"

"아, 미치겠네."

당황한 이연이 황급히 노트북 전원을 껐다. 운전석에 앉은 파랑이 넋 나간 얼굴로 그들을 돌아보고 있었다. 찌릿. 시선이 파랑에게서 이연으로, 다시 누누이에게로 파도처럼 이어졌다. 빠르고도 치열하게 시선이 핑퐁처럼 오가다가 항복 선언을 하듯 누누이가 두 팔을 머리 위로 번쩍 들었다. 활짝 웃으며 말했다.

"누누이는 파랑의 친구이기도 해!"

다정한 고백에도 분위기는 냉랭했다. 이연의 머릿속에 세 글자가 신호등처럼 각기 다른 색깔로 떴다.

망, 했, 다.

파랑은 운전대를 꽉 잡고 앞만 보았고 누누이는 진짜 영상이 안 나오는지 확인한다며 빨간 점을 찾아서 노트북을 뒤적거렸다. 이연이 고만 좀 달그락거리라며 노트북을 빼앗아서 엉덩이로 깔고 앉았다. 침묵 속에서 캠핑카가 달렸다.

어떤 소리든 달게 듣겠다는 태도로 이연과 누누이가 굳게 맘먹고 기다리는데 파랑의 목소리가 확 낮아졌다.

"뒤에 미행 붙었다. 지금부터 달릴 거니까 꽉 잡아."

누누이와 이연이 차에 달린 손잡이를 잡은 사이 파랑의 휴대전화 액정화면이 쉴 새 없이 번쩍거렸다. 메시지가 벽돌처럼 차곡차곡 쌓여갔다. 누누이가 대신 읽어주었다.

"장령 아저씨, 너네 지금 뭐 하는 거야 느낌표. 원범 형, 대애박. 진짜 대애애박 느낌표 세 개. 태주 누나, 야 느낌표. 니들 지금 $#%^*@&*. 종미 누나, 왜 날 안 끼워 준 거야 물음표 물음표."

파랑과 이연은 긴장 상태라서 누누이가 읽은 메시지에 일일이 반응을 보일 여유가 없었다.

"어디로 가지? 뒤에 한 대가 아닌 것 같은데."

"어디까지 갈 수 있어?"

"샛길로 가면 숲으로 빠질 수 있어."

"…."

"심연!"

"그쪽으로 가!"

파랑은 백미러를 힐끔 본 뒤 조금이라도 시간을 벌어보기 위해서 오른쪽 샛길로 빠졌다. 차는 계속 달렸지만 더는 방법이 없었다. 코아 국민들에게 설화도의 진실을 알리긴 했지만 말뿐이었다. 증거도 제시하지 못했고 그들에게 피부로 와닿는 체감도 없었다.

이래서는 소용없어. 안될 거야. 아까부터 이연은 한 가지 생각에 사로잡혀 있었다. 어금니를 꽉 깨물었다. 코아 국민들도 느껴야 한다. 블루스카이가 얼마나 잔인하고 이기적인 시스템인지. 그러려면 블루스카이를 셧다운시키는 수밖에 없다.

"킬코드를 눌러야 해."

이연은 혼잣말처럼 작게 말했지만, 차가 덜컹거리는 소음 속에서도 이연이 다음 단계를 말해주길 기다리던 파랑과 누누이 모두 들었다. 그들 사이에서 리더는 누가 뭐래도 이연이었다. '킬코드'라는 말이 나온 순간부터 파랑은 짧은 뒷머리가 바짝 섰다. 전방을 주시한 채 손바닥을 살짝 뗐다가 이내 핸들을 고쳐 쥐며 낮은 목소리로 말했다.

“킬코드는 대통령궁에 있어. 장령 아저씨가 미사일 확보하겠다고 했을 때 종미 누나랑 몇몇이 다른 방법이 없나 알아봤거든.”

오래전부터 사람들은 더 나은 세상을 만들기 위한 방법을 찾기 위해 각자의 방법으로 노력했다. 윤희연은 초능력을 가진 괴생명체를 만들어서 환경 문제를 해결하려 했고, 심명근은 블루스카이 시스템으로 절대적인 권력과 평화를 양손에 쥐려 했으며, 이연은 진실을 밝힘으로 거짓된 세상을 바꾸려 했다. 우리의 지금이 그 어느 때보다 위태롭다는 것은 모두 동의하는 바였다.

킹 퀸 주니어와 다른 점이라면 지키들은 조금 더 복잡한 고민을 안고 있다는 것이다.

장령이 미사일이란 전무후무한 방법을 지키들에게 말한 순간부터 지키들은 온건파와 강경파로 양분되었다. 힘의 시소는 풍랑 위 돛단배처럼 이리저리 휩쓸렸다. 매번 축구공처럼 차이고 무시당하는 일상에 좌절해 술에 떡이 되면 우리도 까짓것 미사일 쏴버리자고 소리쳤지만, 다음날이면 언제 그랬냐는 듯이 다시 또 피켓을 만들고 각국 화력발전소에 항의 문서를 작성했으니까.

그러던 어느 날 종미가 파랑을 따로 불러내 아무래도 장령이 미사일을 진짜 얻은 것 같다고 은밀히 말했다. 처음 그 이야기를 들었을 때 파랑은 믿지 않았다. 지키는 어디에서도 지원받지 못하는 작은 단체인데 미사일이라니, 말이 되지 않았다.

— 심연이 암호화폐를 넘긴 것 같아.

종미의 말에 파랑은 책임감을 느꼈다. 이연을 지키로 끌어들인 건 자신이었다. 이연한테 대체 왜 그랬냐고 따지려고 찾아갔을 때 오피스텔은 비어 있었다. 백방으로 알아본 후 이연이 설화도로 끌려갔다는 걸 알게 되었다. 수정과 진구가 그러했듯이.

그때부터 종미를 중심으로 장령을 막을 방법으로 블루스카이 킬코드를 누르는 계획을 세웠다. 파랑은 이연을 구하기 위해 장령에게 자신이 설화도로 들어갈 방법을 찾아달라고 부탁했고 그래서 토끼 가면을 쓰게 된 것이었다.

파랑은 이연을 다시 만난 뒤에도 묻지 않았다. 그때 왜 갑자기 장령에게 암호화폐를 넘겨서 미사일 자금을 마련할 수 있게 한 거냐고. 물을 필요가 없었다. 설화도에서 이연을 다시 만난 순간 깨달았다. 이연은 과거가 기억나지 않는데도 몹시 화가 난 상태였다. 누누이를 자신에게서 빼앗아 간 모두에게. 감정적으로 불안한 이연을 장령이 이용한 것이다.

파랑은 운전대를 잡은 채 꼭 필요한 이야기만 했다.

“블루스카이 킬코드가 코아궁 집무실에 있다는 것까진 알아냈고 보안관으로 잠입해서 위치까지 확인했는데 마지막에 잡혔어.”

“잠입했던 사람이 누구야?”

“너도 아는 사람이야.”

이연은 설화도 주민 중 행적이 알려지지 않은 사람 중 보안관에 어울릴 만한 이가 누굴지 떠올려 보았다. 차라락 수많은 사람의 얼굴이 눈앞에 스쳐 가던 중 곧 한 사람의 얼굴에서 멈추었다.

"목수 아저씨구나?"

파랑이 고개를 끄덕인 뒤 숲으로 들어섰다. 바퀴에 부딪힌 자잘한 돌이 사방으로 튀면서 캠핑카가 들썩였다. 검은 SUV를 따돌리긴 했지만 잡히는 건 시간문제였다. 더는 갈 수 있는 길이 없었다. 파랑은 차 열쇠를 뺐다. 정적 속에 엔진이 식어갔다.

"대통령 집무실 안쪽 비밀의 방에 빨간 버튼이 있댔어. 하지만 거긴 오직 대통령만 들어갈 수 있어."

침묵을 깨고 누누이가 자신이 하겠다며 나섰다.

"내가 킬코드를 누를게. 빨간 버튼을 누르면 블루스카이가 파괴되고 장령 아저씨가 말한 미사일은 필요 없어."

"네 마음은 우리도 알지만 넌 애초에 집무실에 들어갈 수가 없어." 운전석에서 뒤쪽으로 넘어온 파랑이 누누이를 똑바로 보았다. "네가 희생해서 뭔가를 이루려고 하지 마."

누누이는 파랑을 마주 보았다.

"누누이, 이제부터 넌 잡초야."

"난 잡초가 아니야!"

누누이는 발을 구르며 자신은 잡초 같은 게 아니라고 소리쳤다. 파랑이 자신에게 갑자기 왜 이러는지 알 수 없었다. 초능력이 없다고 이러나? 아무 능력도 없이 몸만 크고 무서운 눈을 가졌다고 이러는 걸까? 누누이는 억울했다. 파랑은 분통을 터뜨리는 누누이의 손을 가만히 잡고 말을 이었다.

"잡초는 다른 식물과의 경쟁에 약한 놈이야. 식물은 햇빛과 물을 빼앗으며 쟁탈전을 벌이는데 잡초는 약해서 다른 식물이 자라기 어려운 곳에 살지. 그게 바로 인간이 농사짓는 땅이야."

"잡초는 인간이 뽑아버리잖아?"

"맞아. 근데 그게 잡초가 생존하는 방법이거든. 잡초 씨는 햇빛이 들어오면 싹을 틔우기 시작해. 사람들이 논밭의 잡풀을 뽑으면 주변 잡초가 사라져서 땅에 햇빛이 잘 들고 그럼 땅속에 묻혀 있던 잡초 씨들이 싹을 틔우기 시작하지. 사람들이 잡초를 죽이려고 잡초를 뽑으면 또 다른 잡초가 나오는 거야."

파랑은 잠시 사이를 두었다가 낮게 가라앉은 목소리로 말을 이었다.

"얼마 전에 연구소에 갔던 날, 이연이 잠긴 방 안쪽을 봤어."

파랑의 시선이 이연에게로 향했다. 모든 일이 정리되면 알려주자던 결심을 파랑이 먼저 깬 것이다. 이연이 그를 향해 고개를 끄덕였다. 파랑은 이연에게 들은 그대로를 누누이에게 전달했다. 누누이가 살아남아야 하는 이유를 알려주려는 것이다.

"내가 죽으면 다른 누누이가 소도에 가는 거야?"

파랑은 고개를 끄덕인 후 누누이의 손을 잡은 채 힘을 주었다. 그러니까 네가 꼭 살아야 한다고.

"넌 죽지 않는 잡초야."

"난 죽지 않는 잡초야."

뒤쪽에서부터 포위망을 좁혀온 차들이 가까워져 오는 소리가 들렸다. 이연은 그들에게 코아궁에 들어가서 해야 할 일을 말해주었다.

정부 요원들이 거칠게 창문을 깨고 운전석 문을 열었다. 파랑이 종미에게 메시지를 보낸 뒤 막 기록을 지운 참이었다. 검은 정장을 입은 그들은 일사불란하게 이연, 파랑, 누누이를 붙잡았다.

"대통령님께서 기다리고 계십니다."

정부 요원이 그들을 각각 다른 차량에 태우려고 하자 이연이 몸을 비틀었다.

"친구들과 함께 코아궁으로 갈 거예요. 만약 저들을 내가 볼 수 없는 다른 곳으로 빼돌리면 더는 아버지가 바라는 '화수분'은 없을 거라고 전해요."

정부 요원이 당황한 표정으로 대통령에게 연락했다. 이연의 말을 전하고 전화를 끊은 후 셋을 코아궁으로 이끌었다.

지하 터널을 통해 그들은 코아궁 지하 주차장에 도착했다. 대통령 집무실 안에 들어갈 수 있는 사람은 오직 이연뿐이었다. 이연은 친구들도 같이 가게 해달라고 했지만 요원들은 요지부동이었다. 정부 요원들은 누누이와 파랑을 데리고 다른 방으로 향했다.

결박한 이연을 데리고 간 곳은 집무실 뒤쪽 비밀의 방이었다. 이연은 비밀의 방에 들어가자마자 빨간 버튼 위치부터 확인했다. 파랑이 말한 그 킬코드였다.

중후한 남자의 목소리가 뒤쪽에서 들렸다.

"화수분은 언제 다시 시작할 거냐?"

진짜 가짜

"오랜만이네요, 아버지."

"방송 잘 들었다. '친구' 나부랭이 때문에 가족은 이미 버린 것 아니었냐."

이연은 쓴웃음을 지으며 비밀의 방을 거닐었다.

"이 궁은 단 한 번도 제집인 적이 없죠."

유명인의 자녀가 파파라치 기사에 찍혔다가 외모 때문에 수많은 악플을 받고 극단적인 선택을 한 사건 이후, 미성년자 보호법 C-18조가 제정되었다. 그 후 코아에서는 연예인을 제외한 미성년자들의 언론 노출을 법으로 금지했다.

이연은 그때부터 심명근이 의도적으로 지키인 자신을 숨기려고 했다고 생각했다. 검은 자금을 끌어내는 이연은 금은보화가 끝도 없이 나온다는 '화수분'으로 불렸다.

"제가 성인이 되면 미성년자 보호법 C-18조로 저를 감출 수 없게 되죠. 제가 맘에 안 들면 그럴듯한 연기 지망생을 데려다 절 대신하려고 하셨을 텐데, 제가 코아 국민 모두에게 얼굴을 드러내버렸죠. 이제 절 닮은 여자애를 찾으실 건가요?"

"그게 걱정돼서 방송을 강행한 거냐? 썩어빠진 망상은 누구한테 물려받은 거냐?"

"누구겠어요? …연구소에서 새로운 누누이들을 봤어요. 그게 설마 어머니 단독 작품이겠어요?"

"설화도 주민들을 믿고 이러나 본데 그곳은 천군이 이미 다 정리했다. 조악한 무기 좀 탈취했다고 천군과 그의 병사들을 제압했을 것으로 생각했던 거냐? 내 딸이라면 그렇게 순진하지 않을 텐데 기억상실 유도제가 세긴 하구나."

"그들을 어떻게 했어요?"

"처리했지."

숨이 쉬어지질 않았다. 이연의 눈앞에 설화도 사람들 얼굴이 파노라마처럼 스쳤다.

"곧 설화도에 대한 방송이 시작될 거다."

비밀의 방으로 김 비서가 경호원들을 대동하고 들어와서 보고했다.

"준비가 끝났습니다."

이연은 아랫입술이 떨렸다. 심명근이 팔을 붙잡고 상냥하게 말했다.

"너도 가서 함께 대국민 사과를 해야지."

이연은 빨간 버튼 쪽으로 몸을 돌렸지만 경호원들에게 제지당했다. 심명근이 혀를 차며 걸어가 빨간 버튼을 보호하는 투명 덮개를 올렸다.

"이걸 누르려고 여기까지 온 거 안다. 잘 봐라."

심명근은 빨간 버튼을 눌렀다. 1초, 3초, 7초, 11초. 아무 일도 일어나지 않았다.

"영화를 너무 많이 봤구나? 킬코드는 없다. 블루스카이 시스템을 노리는 적을 끌어들이기 위한 함정이지. 방송 시간에 늦겠군."

발끝으로 차갑게 피가 모두 빠져나가는 것처럼 이연은 얼굴이 사색이 된 채 소리쳤다.

"놔. 이거 놓으라고!"

경호원들이 강제로 이연을 데리고 기자 접견실로 향했다. 이연은 거세게 저항했지만 장정들의 힘에 휘둘리는 깡마른 소녀일 뿐이었다. 대변인이 기자들을 대상으로 말하는 목소리가 복도에서부터 들렸다.

"곧 대통령님의 대국민 사과 발표가 있겠습니다. 모든 질문은 대통령님의 말씀이 끝난 후 받도록 하겠으니 정숙히 해주십시오. 지금 오십니다."

심명근에 이어 이연 역시 기자 접견실로 들어섰다. 기다렸다는 듯이 카메라 플래시가 쉼 없이 터졌다.

숨을 고른 후 심명근이 침통한 표정으로 입을 열었다.

"저는 오늘 이 자리에 코아 대통령이 아닌 자식의 아버지로서 섰습니다. 딸아이의 행동으로 국민 여러분께 심려를 끼쳐드려 송구스럽습니다."

심명근은 말을 끊고 연단 옆으로 나와 깊이 머리를 숙였다. 플래시가 아까보다 훨씬 더 많이 터졌다. 이연은 기자들을 보았다. 기자들의 손가락이 움직이는 것을 보았다. 저소음 키보드라서 꾹 누른 듯한 소리가 돌림노래처럼 끊이지 않고 이어졌다.

"난 진실을 말했어요. 내가 말한 건 모두 진짜예요."

이연은 사람들을 향해 말했다. 그런 이연을 바라보는 심명근의 눈에 눈물이 고여 있었다. 몸을 살짝 돌려 눈물을 훔친 뒤 심명근이 정면을 보았다.

"제 딸은… 어렸을 때 누누이라는 상상의 친구를 만들어냈습니다. 주위의 과도한 관심은 아이의 거짓말을 더 악화시킬 것이라는 의사의 조언에 따라 딸아이를 숨겼습니다. 국민 여러분께 자식 일로 심려를 끼쳐드린 점 다시금 깊이 사과드립니다."

심명근은 누누이의 모습이 노출된 해적방송 화면은 CG이며, 이연이 다크웹에서 불법적인 일을 저지르며 해커로 활동한 이력을 밝혔다. 순식간에 누누이는 가상의 괴물로 전락했다. 기자 접견실에 모인 사람들의 눈이 빠르게 경직되어 갔다.

이연이 싸늘한 눈빛으로 자신을 쳐다보는 사람들을 향해 소리쳤다.

"거짓말! 다 거짓말이야! 설화도에 사람들이 갇혀 있다고요! 진짜예요!"

심명근이 눈짓하자 김 비서가 방송을 연결했다. 블루스카이 대표가 나서서 설명했다.

"현재 인공섬의 모습입니다. 건물은 있습니다. 하지만 건물은 산성눈으로 인한 부식 정도를 확인하고 식물학자들이 인공나무를 연구하는 곳입니다. 보시다시피…."

모든 말이 귀에 웅웅 울렸다. 다 거짓말이다. 귀를 닫은 채 눈을 활짝 열었다. 블루스카이 대표가 보여주는 화면만 보는 기자들 사이로 한 여자가 이연을 보고 있었다. 가발을 쓰고 변장한 종미였다. 이연이 씨익 웃었다. 종미는 한때 몸담았던 신문사 동료에게 부탁해 코아궁 출입 기자로 대신 들어온 것이다.

종미가 특유의 큰 목소리로 블루스카이 대표의 말을 끊으며 반론을 제기했다.

"심이연 양이 정말 설화도에 있었는지는 머리카락 검사를 하면 나오겠죠. 기억상실 유도제를 썼다면 몸에 약효 성분도 남아 있을 거고요. 무조건 미친 사람으로 몬다고 해결될 일은 아닌 것 같은데요?"

종미의 말이 끝나자마자 이연이 손을 번쩍 들었다. 손가락 두 개가 펼쳐져 있었고 나머지 세 개가 접혀 있었다. 저게 뭐지? 브이? 사람들이 웅성거렸다.

캠핑카에서부터 이 순간만 기다려 온 이연이 눈에 힘을 주고 입을 열었다.

"블루스카이는 곧 정지됩니다. 블루스카이를 정지시킬 방법은 주전원과 예비전원을 모두 꺼버리는 거죠. 그 전원을 끌 수 있는 장치는 이 코아궁에 있고요."

처음부터 킬코드가 허수라는 것을 간파하고 있었다. 이연은 어렸을 때 부모에게 사랑받으려고 부단히 노력한 적이 있었다. 심명근이 무슨 음료를 좋아하는지 윤희연이 어떤 구두를 자주 신는지 매일 그들을 관찰하며 일기를 쓴 적도 있었다. 심명근과 똑같은 음료를 마시고 윤희연과 비슷한 모양의 구두를 신어봤지만 심명근과 윤희연은 이연에게 관심 없었다.

몇 년간의 노력이 아무 성과도 없음을 인정한 날 이연은 부모를 따라 하는 것을 그만두었다. 하지만 그간의 노력을 통해 알게 된 것이 있었다. 심명근과 윤희연이 어떤 사람인지 정확하게 볼 수 있게 된 것이다.

심명근은 의심이 많았고 윤희연은 연구에만 매진했다. 의심 많은 심명근이 킬코드를 '비밀의 방'이라고 이름까지 붙여가며 집무실 옆에 두었다는 것부터가 의심스러웠다. 그래서 실제로는 킬코드가 없다는 것을 전제로 이 모든 계획을 짰다. 사람들이 혼란한 틈을 타 누누이와 파랑이 전원을 찾으려고 이동 중이었고 종미가 접견실에 나타났다는 것은 그들이 그 위치를 찾았다는 것이다.

두 개의 전원은 대통령 집무실에서 멀지 않은 곳에 있었다. 대통령의 사저인 침실 뒤쪽이었다. 이연은 버튼이 그곳에 있을 것이라고 예상했다. 윤희연 연구소의 비밀 통로가 대통령의 사저 침실로 이어져 있으니까.

손가락이 하나씩 접혀 주먹이 되었다. 사위가 고요했다. 블루스카이 대표의 휴대전화를 시작으로 모두의 휴대전화가 진동했다.

블루스카이가 정지되었다.

아래에서 위를 향해

종미가 꺼내든 플래시 빛을 신호로 근처에서 폭탄이 터졌다. 복도 쪽이었다. 엄청난 폭발음에 기자 접견실은 아수라장이 되었다. 경호원들이 심명근을 보호하기 위해 달려가는 사이 이연은 종미를 향해 뛰었다.

“정문으로 가야 해.”

안개가 자욱해서 시야가 확보되지 않았지만 종미를 따라 무작정 뛰었다. 코아궁 직원의 도움으로 이연은 누누이와 파랑을 만났다. 언젠가 있을 이날을 위해 종미는 아무도 모르게 코아궁에 지키를 여러 명 심어두었다. 이연, 파랑, 누누이는 종미와 함께 정문을 통과해서 코아궁 앞에 진을 친 시위대 속으로 파고들었다.

도시 변두리 외진 곳에 있는 아지트로 이동했다. 바깥에서는 건물 전체가 리모델링 중인 것처럼 보였지만 실은 안쪽을 아지트로 쓰고 있었다. 1층 바닥에 해머를 비롯한 공사 기구들이 널브러져 있는 데다 벽 곳곳이 허물어져 있어서 몹시 을씨년스러웠다. 이연이 놀란 얼굴로 주위를 둘러보며 종미에게 물었다.

“여기 그냥 ‘척’하는 게 아니라 진짜로 공사 중인 거예요?”

"몇 달 전부터 공무원들이 자금 문제로 공사가 멈춘 현장을 수시로 돌더라고. 안전 점검이라는데, 아무래도 우리 아지트를 찾아내려는 게 아닌가 싶어."

그래서 진짜 공사장을 택할 수밖에 없었다며 종미가 답했다. 누누이가 걱정스러운 표정으로 5층 높이의 건물을 올려다보다가 두툼한 제 뱃살을 만지더니 고개를 가로저었다.

"나 엄청 살쪄서 내가 올라가면 바로 무너질 거야. 난 여기 있을게."

"귀신 나올 것처럼 생기긴 했지만 건물에 수십 명이 들어가도 끄떡없어. 이래 봬도 인터넷도 다 되게 몰래 공사도 마쳤고."

종미의 말에 누누이는 숨을 멈춘 채 천천히 계단을 올라갔다. 간이 책상과 조명 등이 설치된 3층에 올라갈 때까지 아무 일도 벌어지지 않자 그제야 안도의 숨을 길게 내쉬었다.

이연은 도착하자마자 모인 지키들에게 코아궁에서 있던 일을 이야기했다. 장령은 그 무엇으로도 절대 깨지지 않을 금강석처럼 표정이 딱딱하게 굳어 있었다.

"이러는 게 무슨 의미가 있지? 전원이야 다시 가동하면 그만인데."

"블루스카이 시스템은 정교하고 복잡해서 전원을 끄면 다시 켜는 데에 최소 세 시간이 걸려요."

쓸데없는 짓을 했다는 장령의 비아냥에도 이연은 침착하게 계획을 이야기했다.

"먼저 예비전력이 복구될 거예요. 하지만 그것만으로는 블루스카이가 작동하지 않죠. 주전원이 들어와야 해요. 그래서 그 틈을 공략할 거예요."

이연은 해킹에 실패했지만 그 시간이 모두 헛되진 않았다. 대신 블루스카이 시스템이 어떻게 돌아가는지 알게 되었으니까. 블루스카이 측에서 설화도 우물에 기억상실 유도제를 뿌려서 설화도 사람들 모두에게 독이 퍼져나가게 한 것처럼 주전원이 들어오기 전에 블루스카이 시스템에 버그를 심는 게 계획이었다.

아지트로 이동하는 동안 그들로부터 설명을 들은 종미가 이연의 말에 이어서 덧붙였다.

"버그가 심해지면 다른 나라들도 코아와 블루스카이 시스템 계약하는 걸 재고하겠지. 블루스카이에 대한 신뢰를 깨는 게 목표야."

"블루스카이는 이제껏 단 한 번도 오류가 난 적 없어요. 우리가 준비한 버그 공격이 그 믿음을 깨는 초석이 될 거예요."

열광적인 환호까지는 아니어도 실낱같은 희망의 눈빛을 기대했는데 지키들은 팔짱을 낀 채 싸늘하게 바라보기만 했다. 바람의 방향이 바뀌었다는 것을 창문을 열지 않아도 느낄 수 있었다. 아지트의 공기는 남극처럼 추웠다. 그 공기의 진원지는 장령 쪽이었다. 그를 중심으로 모인 사람들의 눈빛이 매서웠다.

이연과 파랑이 다른 쪽으로 동분서주한 사이 장령은 몇몇 지키들과 미사일 발포를 준비한 것이다. 미사일이라는 엄청난 위용 앞에 블루스카이 시스템 버그는 소꿉장난같이 보였다. 장령이 어린아이 타이르듯 말했다.

"고작 버그로 블루스카이 아성을 무너뜨릴 수 있을 것 같아? 이건 애들 장난이 아니야."

버그 대 미사일. 미사일 대 버그. 버그를 어느 위치에 놓아도 미사일을 이길 순 없다.

"미사일을 발포하기로 마음을 굳히신 것 같은데 대체 그걸로 우리가 얻는 게 뭐죠? 코아 국민들이 기후와 환경에 대한 안일한 생각이 바뀌길 원하는 거 아니에요? 그럼 이 방법으로도 충분해요."

"충분하지 않아."

"사람들한테 뭘 보여주고 싶은 거예요?"

"경고 메시지를 줘야지."

장령의 대답에 모두 입을 다물었다. 지키들이 늘 강조하는 게 그거였다. 환경 단체로서 사람들에게 기후 위기에 대해 경고하기. 메시지를 전하기.

이연도 알고 있었다. 미사일은 그들의 목소리에 엄청나게 큰 스피커가 되어줄 것이다. 지키가 앞으로 숨만 쉬어도 사람들이 놀랄 테니까.

하지만 그게 옳은 방법일까? 우리를 위험하고 무서운 사람으로 내세우는 것이?

잠시 후 원범이 구석에 설치된 텔레비전을 켜서 침묵을 깼다.

"블루스카이를 공격한 단체는 '지키'입니다. 그 중심에는 조현

병 심이연, 유전자 조작 괴물 누누이가 있습니다. 이들을 보신 분은 즉시 신고해 주시기를 바랍니다."

정부에서는 누누이가 조악한 CG라는 이론을 버리고 언제 그랬냐는 듯 태도를 바꾸었다. 여러분의 친구라며 활짝 웃는 누누이 모습 아래 '유전자 조작 괴물' 자막을 덧붙였다. 파랑과 이연이 양쪽에서 손을 꽉 잡아주었지만 누누이는 화면에서 눈을 떼지 못했다. 긴급 뉴스가 이어졌다.

"블루스카이는 시스템을 재부팅할 예정입니다. 코아 국민 여러분은 안심하십시오."

정부가 발 빠르게 나서는데 이쪽도 가만히 당하고 있을 수 없었다. 이연은 지키들을 말로 설득하는 대신 행동으로 옮겼다. 다크웹에 블루스카이 시스템 버그 침투를 위해 화이트 해커들에게 도움을 요청하는 글을 올렸다.

십 초, 십일 초, 십오 초. 해커들이 하나둘씩 접속했다. 이연이 자신이 뚫지 못한 블루스카이 시스템을 공유하자 전 세계 해커들이 동시다발적으로 움직였다.

한 시간이 지났다.

그사이 몇 번 시스템을 공격했지만 성과가 없었다. 표면적으로 해커들의 공격은 블루스카이의 제어권을 가져가려는 것처럼 보였지만 실은 그 안에 버그를 심는 게 목표였다. 제어권 공격팀과 버그를 심는 팀으로 나뉘어 이진법의 세상에서 바쁘게 움직였다. 이연은 버그를 심는 팀에 속해 있었다.

장령을 비롯한 몇몇 지키들 역시 바쁘게 움직였다. 태주가 뭐 하는 거냐고 물으니 장령이 냉랭하게 대답했다.

"약속한 시각까지 얼마 남지 않았어. 그동안 손 놓고 있을 순 없으니까."

뭐라 한마디 하려는데, 종미가 만면에 미소를 띠며 안으로 뛰어왔다.

"설화도 사람들에게서 연락이 왔어요! 해저터널로 이동해서 육지에 도착했대요."

이연은 손가락이 자판 위에서 멈추었다. 고개를 돌려 종미를 보며 혼잣말처럼 중얼거렸다.

"코아 대통령이 분명 다 처리됐다고 했는데…."

말이 끝나기가 무섭게 원범의 안내를 받은 망태 할아버지와 설화도 사람들이 아지트로 들어왔다.

"어떻게 된 거예요?"

아주머니가 인질로 결박해 데려온 천군을 턱짓으로 가리키며 말했다.

"목숨이 아까웠던 거지."

아주머니가 정부 관계자들이 설화도로 군인들을 보내지 않도록 천군이 주민들을 제압하고 설화도를 탈환한 것처럼 꾸민 것이다. 천군의 배신으로 설화도 사람들은 탈출할 시간을 벌었다.

목수 아저씨는 그들이 처한 상황을 듣고 이연에게 말했다.

"블루스카이고 코아궁이고 할 것 없이 모두의 눈을 우리 쪽으로 돌려야 해. 네가 했던 것처럼 우리가 방송에 나가게 해줘. 정부에서 우리만 신경 쓰도록."

이연은 다른 노트북으로 방송을 준비했다. 단시간 안에 2차 침입을 예상 못 한 방송사는 쉽게 방화벽이 뚫렸다.

해적방송이 연결되자마자 제일 먼저 망태 할아버지가 나섰다.

"전 마법의 눈으로 알려진 CCTV 개발자 최두호입니다."

망태 할아버지는 어쩌다가 설화도에 갇히게 되었는지 상세하게 설명했다. 아주머니도 나섰다. 그녀는 교통사고 차량 폭발로 시신을 확인하지 못했다고 알려진 설화도 취재 기자였다. 방송국 게시판에 방송을 보고 충격받은 사람들의 글이 빛의 속도로 달렸다.

"블루스카이와 기억상실 유도제가 연결되어 있다는 것을 국민 여러분에게 알리려다가 저 역시 설화도로 납치되었습니다. 여기 있는 우리 모두…."

말하는 도중에 갑자기 천지가 암흑이 되었다. 코아 전체에 정전이 된 것이다. 목수 아저씨가 더는 참을 수 없다며 분통을 터뜨렸다.

"이래놓고 해커들이 발전소를 공격했다는 식으로 정부에서 발표하겠지."

"안 되겠어요. 우리도 코아궁으로 가요!"

"가서 직접 따지자고요!"

설화도 사람들이 코아궁으로 가겠다고 나서자 지키들도 흥분해서 같이 가자며 뒤따랐다. 종미가 함께 가자고 권했지만 이연은 아직 버그를 심지 못해서 고개를 가로저었다. 파랑이 나서서 말했다.

"저랑 누누이는 이연과 함께 남을게요. 성공하면 바로 출발하고요."

"자칫 무력시위로 번지면 경찰들과 대치할 수도 있어. 너희 셋이 이동할 수 있겠어?"

사람들이 많은 틈에 섞여서 이동하는 게 안전하지 않겠느냐고 종미가 다시 설득했지만, 그들은 방법을 마련해 보겠다며 남기를 자처했다. 그럼 이따 보자며 종미마저 나갔다.

침묵 속에서 이연은 손가락이 눈에 보이지 않을 정도로 빠르게 움직였다. 파랑과 누누이는 직접적으로 이연을 도울 방법이 없기에 휴대전화로 생방송을 보며 바깥 상황을 주시했다. 지키들과 설화도 주민들이 코아궁 앞에 도착하지 않았는지, 그곳은 겹겹이 둘러싸인 경찰들이 제 몸만큼 크고 두꺼운 방패를 들고 지키고 있었다.

뉴스에서 아나운서가 귀에 손을 얹고 화면을 보며 긴급 속보를 전했다.

"대통령님의 대국민 발표가 있겠습니다. 잠시 기다려 주십시오."

"대체 무슨 거짓말을 또 하려는 걸까."

초조한 표정으로 누누이와 파랑은 휴대전화를, 이연은 노트북 화면을 주시했다. 동공과 손가락이 한 팀이 되어 빠르게 움직인 지

십여 분. 이연이 입을 열었다.

"거의 다 됐어. 마지막 보안 층만 뚫으면 돼."

버그를 심는 작전이 성공하려는 찰나 옆에서 딸각 소리가 났다. 그건 다른 소리일 수가 없었다. 이연은 손을 멈춘 채 모니터를 쳐다보았다. 네모난 화면에 제 머리에 겨눠진 권총이 보였다.

장령이 시선은 파랑에게 향한 채 왼손으로는 이연의 관자놀이를 겨누고 오른손으로는 누누이의 심장을 겨누고 있었다. 장령은 양손에 든 총을 까딱이며 파랑에게 지시했다.

"허튼짓하지 마. 공포탄은 없으니까."

"왜 이러는 거예요?"

"심이연과 누누이는 손을 머리 뒤로 올리고, 기파랑, 네가 저들을 묶어."

장령은 총 하나를 안쪽 주머니에 넣고는 파랑과 이연, 누누이를 등을 맞대게 한 후 밧줄로 꽁꽁 묶었다. 이연의 시선은 미처 마무리하지 못한 노트북으로 향해 있었다. 앞으로 십여 초면 성공이었는데.

노트북 화면이 바뀌었다. 바다 건너 다른 해커가 어딘가에서 이연이 하던 작업을 이어받아 진행하고 있었다. 이연은 눈이 커졌다.

"됐다."

탕!

장령이 총으로 노트북을 쏴버렸다. 세 사람은 놀라서 몸을 움찔했다. 장령이 권총 끝으로 옆머리를 긁으며 낮게 말했다.

"성공했나 보군."

장령은 버그가 퍼지든 말든 상관없이 미사일을 발사할 생각이었다.

파랑은 장령을 설득하려고 떨리는 목소리로 입을 열었다.

"이럴 필요까진 없잖아요. 잠깐 생각을 좀 가라앉히고…."

"그동안 생각은 지겹도록 했어. 생각만으론 아무것도 바뀌지 않아. 저들이 다시는 저딴 걸 시도할 생각을 못 하게 해야지. 그러려면 본보기가 필요해."

'본보기'라는 말에 이연은 뼈가 굳었다. 그에게 지키들의 투표니 뭐니 하는 것들은 다 소꿉장난이었을까. 오래전부터 코아를 본보기 삼아 블루스카이를 공격하려고 이미 결론내린 것이었나.

마지막 양심에 호소하듯 누누이가 애타게 소리쳤다.

"시간이 남았잖아요. 약속을 지켜요!"

"기다려도 변하는 건 없다."

파랑 역시 피를 토하듯 소리쳤다.

"당신이 어떻게 알아! 혼자 결정하지 말라고! 당신이 뭔데! 네가 뭔데!"

"주먹구구 운동이니 시위니 하던 조무래기들을 키워서 여기까지 끌고 온 건 나야."

파랑은 말이 막혔다. 이연이 대신 입을 열어 그를 정조준하듯 말을 쏘아붙였다.

"이런다고 당신 아내가 돌아오지 않아요."

"…하. 내 앞에서 아내 얘기를 꺼내서 설득하겠다?"

"미사일을 쏘는 건 당신 아내가 원하는 게 아니라고!"

이연은 숨소리가 거칠어졌다. 그러니 그만두라고 다음 말을 꺼내려는데 장령이 한 발 더 빨랐다.

"너희들이 외치는 그 구호 말이야, 내 아내가 만든 거지."

다른 사람이 혹은 시간이 해결해줄 거라고 손 놓고 기다려선 안 된다면서 전 지키 대표가 만든 구호였다. 장령은 눈가가 촉촉해졌다. 추억에 잠긴 찰나가 지나간 후 낮은 목소리로 읊조렸다.

"지금이 그때다."

이연은 그 무엇으로도 장령의 마음을 돌릴 수 없다는 것을 느꼈다. 그가 뿜어내는 위험한 느낌을 처음 감지했을 때, 미사일이니 뭐니 하는 이야기가 나왔을 때 더 강하게 행동했어야 했다. 미사일이 블루스카이에 충돌하면 파편이 지상에 떨어져 커다란 재난을 일으킬 것이다. 같은 편에 서 있다고 모두가 같은 생각을 하는 것은 아닌데, 왜 나는 그가 결코 미사일을 쏘지 못할 거라고 믿었을까. 파도처럼 밀려오는 후회와 자책으로 가슴이 찢어졌다.

멀리 떨어진 곳에서 계단 아래로 무언가 탕 탕탕 굴러떨어지는 소리가 들렸다. 장령은 반사적으로 몸을 빠르게 돌려 소리가 나는 방향으로 총구를 틀었지만, 불빛이 들어온 3층을 제외하곤 건물이 전체적으로 어두워서 잘 보이지 않았다.

"여기요! 여기 사람이 있어요!"

파랑이 크게 외치자 장령이 코웃음을 치며 희망의 끈을 싹둑 잘라버렸다.

"애초에 내가 왜 너희들 입을 막지 않은 것 같아? 여긴 사람들이 지나지 않는 한갓진 곳이야. 그래서 이곳을 아지트로 택한 거라고. 아마 길고양이였겠지."

정말 길고양이가 지나다가 공사 물건을 건드린 걸까. 조금 전 있었던 일이 환청이었나 의심이 들 정도로 그 후로 아무 소리도 들리지 않았다. 이연이 실망으로 고개를 떨어뜨리는데 뒤로 묶인 이연의 손을 파랑이 꽉 쥐었다. 파랑이 턱짓으로 소리가 난 곳과 반대 방향을 가리켰다. 이연의 눈동자가 커졌다. 벽이 뚫린 건너편 방의 짙은 어둠 속에서 명도가 조금 다른 검은 그림자가 움직이고 있었다.

장령은 총을 주머니에 넣고 휴대전화를 꺼내 1번을 꾹 눌렀다. 귀에 대고 차갑게 명령했다.

"코아궁으로 당…."

장령은 말을 끝맺지 못한 채 옆으로 고개가 돌아가면서 그 자리에 쓰러졌다. 뒤에서 각목을 휘둘러 그를 공격한 검은 그림자는 목수 아저씨였다.

갑초

"괜찮니? 어디 다친 덴 없어?"

셋은 일제히 고개를 끄덕였다. 목수 아저씨는 장령의 주머니에서 총들을 꺼낸 뒤 휴대전화와 함께 멀리 던져 버린 후 그들에게 달려와 밧줄을 풀어주었다.

"이동하는데 장령이 갑자기 안 보여서 느낌이 좋지 않았는데 역시나 여기로 왔었구나."

목수 아저씨는 오래전 종미, 파랑과 함께 장령의 미사일 계획을 막기 위해 킬코드를 누르려고 코아궁으로 잠입했던 자였다. 그는 장령이 미사일을 쉽게 포기한 게 좀 이상했다며 이연의 밧줄을 풀려고 끙끙댔다. 피도 안 통하게 왜 이렇게 꽉 묶은 거냐고 구시렁거리는데 파랑이 소리쳤다.

"뒤에요!"

어느새 일어난 장령이 머리에서 피를 흘리면서 각목을 목수 아저씨의 등을 향해 휘둘렀다. 그는 파랑의 경고로 재빠르게 피했지만 엇나간 각목이 파랑의 어깨에 내리꽂혔다. 파랑은 신음을 삼켰다.

목수 아저씨와 장령이 격렬하게 몸싸움을 벌이는 사이 이연은 몸을 돌려 헐거워진 밧줄을 이로 당겨 풀었다. 파랑의 밧줄을 풀려는데 귀 옆으로 각목이 날아왔다. 장령이 그들을 막으려고 무기를 던진 것이다. 이연은 파랑의 밧줄을 재빨리 풀었다. 파랑에게 누누이를 부탁한 뒤, 장령의 휴대전화를 가지러 달려갔다. 화면을 보니 역시 통화 연결된 상태였다. 이연은 휴대전화를 귀에 대고 고래고래 소리를 질렀다.

"미사일은 취소예요! 들었어요? 발사 중지라고요!"

"거기서 손 떼!"

그사이 목수 아저씨를 기절시켜 쓰러뜨린 장령이 바닥에서 총을 집어서 이연을 향해 쏘았다. 하지만 누누이가 장령에게로 달려들면서 총의 방향이 천장으로 향했다. 파랑 역시 누누이를 도와 장령에게서 총을 빼앗으려고 몸싸움을 벌였다.

누누이는 몸으로 장령을 내리눌렀다. 누누이는 몸을 사시나무처럼 떨면서 하염없이 눈물 흘리고 있었다. 설화도의 소도에서 오래도록 천군의 병사들의 위협에 시달려 온 누누이에게는, 무기를 휘두르는 장령의 모습이 천군의 병사와 겹쳐 보였다.

한쪽에서 목수 아저씨가 손바닥으로 제 머리를 세게 누르며 천천히 몸을 일으켰다. 주위를 둘러보더니 간신히 소리를 냈다.

"총을 찾아야 해. 하나 더 있을 거야. 으."

파랑이 장령을 몸으로 누르면서 겁에 질린 누누이에게 말했다.

"들었지? 네가 가서 찾아. 그것만 있으면 장령은 꼼짝 못 해. 어서!”

누누이는 몸을 일으켜 반대 방향으로 달려갔다. 이연 역시 휴대전화를 버리고 도우러 가는데.

타앙!

파랑의 한쪽 팔에서 피가 번졌다. 목수 아저씨가 분노를 담아 소리를 내지르며 장령에게 달려들었다. 장령의 멱살을 잡고 건물 외벽 쪽으로 불도저처럼 밀었다. 장령은 몸부림쳤지만, 이내 창문을 설치하려고 뚫어 놓은 구멍 밖으로 떨어졌다. 퍼억, 하는 소리가 울려 퍼졌다. 커다란 구멍으로 상체를 내밀고 아래를 내려다보는 목수 아저씨의 가슴이 크게 오르내렸다.

“젠장, 질긴 놈이군. 이연아, 파랑을 데리고 병원으로 가라. 난 저놈을 쫓을 테니까.”

“하지만 아저씨…”

“저놈이 미사일을 발사하라고 다시 전화하면 모든 게 끝이야! 파랑을 부탁한다.”

목수 아저씨는 계단 쪽으로 뛰어 내려갔고, 이연은 덤불이 우거진 1층 화단 쪽을 내려다보았다. 장령은 한쪽 다리를 절룩이며 빠르게 도망치고 있었다. 당장 달려가서 장령을 때려눕히고 싶었다. 하지만 복수심에 사로잡혀 장령을 쫓게 되면 파랑은? 모든 것을 갈기갈기 찢어버리고 싶은 마음을 누름돌로 꾹 눌렀다. 복수심의 칼끝은 친구들에게 돌아갈지도 몰랐다.

이연은 가까스로 정신을 붙잡고 파랑에게로 달려갔다. 총알이 뒤로 나가 관통한 것을 확인한 후 웃옷을 벗어서 단단히 감았다.

이연과 누누이가 양옆에서 파랑을 부축해서 일으켰다. 피를 너무 많이 흘렸는지 파랑의 얼굴이 하얗게 질려 있었다. 자꾸만 다리가 힘없이 무너졌다.

"누누이! 파랑을 업을 수 있겠어?"

이연의 물음에 누누이가 파랑을 등에 업었다. 이연은 아드레날린 때문에 파랑이 고통을 느끼지 못하길 바랐다.

건물 밖으로 나가 한참을 달려 차들이 지나는 도로로 나왔다. 이연은 차를 세우려고 몇 번이나 손을 흔들었지만 차들은 쌩쌩 그들을 지나쳤다. 다섯 대가 지나고 포기하려는 찰나, 차 한 대가 앞에서 멈춰 섰다. 운전석 창문이 내려갔다. 드레드 헤어를 한 청년이 손가락으로 이연의 뒤쪽을 가리키며 중얼거렸다.

"어? 누누이?"

"도와주세요!"

누누이가 제 이름이 들리자 크게 소리쳤다. 이연 역시 운전석으로 달려가 그의 팔을 붙잡고 매달렸다.

"제 친구가 총에 맞았어요. 제발 병원까지 부탁드릴게요."

"어, 그게… 타요. 근데 차가 좀 작은데."

누누이는 파랑과 함께 뒷좌석에 탔고 이연은 조수석에 앉았다. 청년은 내비게이션에 대형 병원을 입력한 후 안내에 따라 차를 돌렸다. 이연은 다들 그냥 가버렸다면서 그에게 차에 태워줘서 고맙다고 인사했다. 청년은 백미러로 신기한 듯 누누이를 살피며 대답했다.

"아마 정신이 없어서 그럴 거예요. 정전 때문에 난리도 아니에요. 어? 이제 불이 들어오나?"

이연은 청년의 시선을 따라 목을 빼고 창밖을 보았다. 시내에 하나씩 불이 들어오는 게 보였으나 다시 순차적으로 꺼졌다. 청년은 갓길에 차를 세운 뒤 주섬주섬 주머니에서 휴대전화를 꺼냈다.

"병원 쪽은 예비전력 같은 게 있어서 괜찮을 거예요. 근데 어쩌다 총에 맞은 거예요? 정부 쪽에서 사람 보낸 거 맞죠? 이거 녹화해서 나중에 제 채널에 영상 올려도 돼요?"

"어 그게…."

정부 쪽 사람들에게 위치가 노출될 것을 우려한 이연이 대답을 망설이는데, 반대편에서 차가 쌩 달려오더니 앞쪽의 차를 박으면서 크게 추돌 사고가 일어났다. 신호등이 제멋대로 깜빡이면서 차들이 연쇄적으로 충돌했다. 후진해서 사고 현장을 빠져나가려고 했지만 뒤쪽도 아수라장이었다. 차를 돌리기가 쉽지 않았다. 이연은 조수석 문을 열었다.

"여기서부턴 뛰어갈게요. 태워다 주셔서 고맙습니다."

누누이가 다시 파랑을 업은 후 이연과 함께 달렸다. 도심의 중심부로 향할수록 그들은 눈이 자꾸만 옆으로 향했다. 지난 몇 시간 동안 벌어진 대규모 혼란에 분노한 듯 시민들 몇몇이 상가의 유리창을 깨고 들어가 생필품을 가지고 나오는 등 혼란이 일어나고 있었다.

그때 마스크를 쓴 채 문제를 일으키는 사내와 눈이 마주쳤다. 그들 중 몇이 이연과 그 뒤의 누누이를 알아보고는 바로 달려와 에워쌌다. 십수 명의 사내들의 손에는 쇠방망이가 들려 있었다.

"'누누이'잖아? 이야, 실물이 더 크네? 뒤엔 누구? 그 '파랑'?"

"보, 보내주세요. 친구가 다쳤어요."

"어이, 좋미! 얘네 우리랑 같이 움직이게 하는 게 낫지 않아?"

이연은 심장이 건포도처럼 쪼그라드는 것만 같았다. 종미가 약탈을 주도했다고? 설화도 주민들과 함께 코아궁 앞으로 시위하러 간 게 아니었어? 그런데 뒤쪽에서 빨갛게 머리를 염색한 채 걸어오는 사람은 어깨가 떡 벌어진 게 덩치가 큰 편이었다. 마스크를 썼지만 보자마자 알았다. 저 사람은 절대 종미가 아니었다.

"뒤쪽에 피가 많이 나네. 병원 가는 길이었나 봐?"

이연은 대답 없이 자신들을 둘러싼 사람들을 노려보았다. 모두 마스크를 쓰고 있었지만 머리를 상투에 튼 자와 빨간 머리가 무리에 있는 건 우연이 아니었다. 연구소에서 윤희연이 말한 이야기가 이연의 뇌리에 번개가 내리치듯 꽂혔다. 정부 쪽에서는 지키들을 처리하기 위해 기억상실 유도제를 지키 쪽에서 만들었다고 조작할 계획이었다. 이연은 뼈가 굳는 것 같았다. 설마.

"지키…를 흉내 낸 거야? 지키들이 폭력 사태를 일으킨 것처럼 꾸미려고? 누가 시킨 거지?"

그때 빨간 염색 머리가 귀에 손을 댄 채 말했다.

"들으셨죠? 어떻게 할까요? …네, 그게 먼저죠. 염려 마세요."

빨간 염색 머리는 다른 사내들에게 이들을 보내라며 길을 텄다. 몇몇이 우리 정체를 눈치 챈 것 같은데 그냥 보내도 되는 거냐며 구시렁거렸지만, 빨간 염색 머리는 사납게 눈을 흘겨서 그의 입을 막았다.

누누이가 병원부터 가자면서 이연의 옷깃을 잡고 당겼다. 이연은 주먹을 꽉 쥔 채 그들을 향해 소리쳤다.

"너희들 가만두지 않을 거야. 내가 지키가 그런 게 아니란 걸 다 밝힐 거야!"

"과연 그럴 수 있을까."

"두고 봐! 내가 다 바로잡을 거야."

기세 좋게 외쳤지만 이연도 알았다. 파랑이 부상을 입지 않았다고 해도 무기를 든 그들과 싸워서 이길 수 없었다. 설화도에서 천군의 병사에게 소도로 쫓길 때 아무것도 하지 못하고 무조건 도망치던 순간이 떠오르자 밀려오는 무력감에 입안이 썼다.

이연은 누누이와 함께 다시 병원 쪽으로 내달렸다. 도시 곳곳은 마스크를 쓴 자들이 일으킨 폭력 상황의 연쇄 작용으로 곳곳에 난리가 벌어져 좁은 골목길로 달릴 수가 없었다. 큰길 쪽으로 뛰는데 뭔가 이상했다. 곳곳에서 마스크를 쓴 자들에게 맞는 시민들이 비명을 질렀다. 하지만 이연과 파랑을 업은 누누이를 건드리는 사람은 없었다. 이연은 천군의 병사들이 자신을 소도로 밀어 넣기 위해 화살을 쏘던 일이 떠올랐다. 이연은 그 자리에 멈추었다.

"소도… 이건 함정이야…."

"이연! 위험해!"

건물 위에서 거대한 무언가가 떨어졌다. 삐이익— 귓가에 소리가 크게 울리고 뒤이어 모든 게 암흑이 되었다.

얼마나 시간이 지났을까. 이연은 천천히 눈을 떴다. 광고에서 본 우산 모양 상징물이 그들 위로 떨어진 것이었다. 강화 플라스틱이라 안쪽에서 바깥이 보였다. 건물 위에 설치된 거대한 구조물이 갑자기 그들이 달리는 도로 위로 떨어진 건 우연이 아니었다. 지키로 분장한 자들이 그들을 노리고 떨어뜨린 게 분명했다.

그래서 쉽게 보내준 거겠지. 이연은 조금 더 일찍 그들의 계략을 알아채지 못한 것을 후회했다. 나 때문에 파랑과 누누이가 죽을지도 몰라. 죄책감과 두려움이 제 안에서 풍선처럼 부풀어 올라 터질 것 같았다.

눈이 뿌옇게 흐려졌다. 뭔가 이상했다. 소리가 들리지 않았다. 게다가 숨을 쉬기가 어려웠다. 주위를 살펴보니 누누이가 커다란 몸으로 파랑과 이연을 감싸고 있었다.

누누이의 입 모양이 움직였다. 이연은 들리진 않았지만 알 수 있었다. 누누이는 이연을 부르고 있었다. 이연은 괜찮다며 누누이를 쓰다듬으려고 했다. 그런데 누누이의 털이 붉게 물들어 있었다. 누누이가 온몸으로 파랑과 이연을 덮어주면서 등 쪽이 다친 것이다.

고개를 돌려 바깥을 봤다. 시민들이 강화 플라스틱을 옮기기 위해 분주히 움직이고 있었다. 경찰들과 함께 움직이는 사람들 속에 설화도 아주머니의 얼굴이 보였다. 착각일까. 그런데 그 옆으로 얼굴이 하얗게 질린 종미도 보였다. 마스크가 없었다. 진짜 종미였다. 코아궁 앞에서의 시위를 포기하고 이곳으로 달려온 것이다.

조심해야 한다, 기구를 가져와라, 피가 너무 많다. 시민들의 고성이 거리에 가득했다.

"누누이. 사람들이 왔어. 우린 괜찮을 거야. 괜찮아질 거야."

이연은 기절한 파랑을 꼭 잡고 웅크린 채 주문처럼 그 말을 되뇌며 붉은 눈을 응시했다. 소리가 되어 나왔는지는 알 수 없었다. 제 목소리가 들리지 않았다.

우산 아래서 누누이가 천천히 손을 움직여서 울고 있는 이연에게 말했다.

— 우린 잡초야. 절대 죽지 않아.

5부
끝에서 다시

잃은 것들

그날 밤 이후 사람들의 분노는 뜨겁게 타올랐다.

천군은 체포됐고, 김 비서관은 폭력 사태를 일으킨 가짜 지키들의 배후로 지목되었다. 그러나 체포 영장이 나왔을 땐 이미 해외로 도주한 뒤였다. 심명근에 대해서는 구속 수사가 이루어졌으며, 이연 역시 참고인으로 조사를 받았다. 사람들의 분노는 불처럼 순식간에 가장 높은 곳을 향해 솟구쳤다.

심명근은 판사직에서 물러난 변호사를 찾아 발 빠르게 움직였다. 한편 끈 떨어진 천군은 살기 위해 유력 대선 후보에게 붙었다는 소문이 파다했다. 천군은 심명근 정권의 비리를 낱낱이 폭로하는 대가로 살아남아 새로운 정권이 들어서면 대통령 특별 사면으로 출소할 거라는 말이 돌았다.

이연에게도 변호사가 찾아왔다. 심명근은 자신에게 불리한 증언을 막기 위해 측근 변호사를 붙이려고 했지만 이연이 거절했다. 이연은 국선변호사의 도움을 받았다.

국선변호사는 누구보다 이 사건의 중차대함을 잘 이해하고 있었다. 그는 이연이 미성년자인 데다가 어렸을 때부터 부모로부터 정서적으로 학대를 받으며 착취당한 것과 설화도에서 기억을 잃은 중에도 사람들을 살리려고 동분서주한 것을 주요하게 내세워 변론했다. 재판부에서는 이연이 마지막까지 모든 것을 바로잡고 최악의 사태를 막으려고 했던 것이 정상참작되어 기소 유예되었다.

폭력의 밤, 윤희연 차가 폭발했다는 기사가 떴다. 시체는 끔찍해서 가족이 알아보지 못할 정도라는 설명과 함께. 하지만 대부분은 윤희연이 죽었다고 믿지 않았다. 죄를 피하려고 죽음을 가장하고 도주했을 거라는 말이 많았다.

그리고 장령은 바람처럼 사라졌다.

판결을 받은 이연이 밖으로 나오자, 변호사가 차로 함께 이동했다. 이연은 조수석에 앉아 창밖의 거리를 보았다. 변호사가 그간의 바깥 상황을 휴대전화로 설명해주었다. 변호사가 말하면 음성인식으로 메시지가 적혔다. 그날 사고 이후 이연의 귀는 들리지 않았다. 영구적으로 청력이 손상됐다는 판정을 받았다.

— 블루스카이를 도입하겠다던 나라들은 언제 그랬냐는 듯이 거래 흔적을 지우고, 그 대신 폐허가 된 코아를 지원하는 기사로 자국의 뉴스를 도배하고 있어. 증인 보호 시스템은 계속 거부할 거니?

진짜 하고 싶은 말은 편지 추신에 쓰는 것처럼 마지막 말이 변호사가 묻고 싶은 질문이었다. 변호사는 차가 신호에 걸려 멈추는 동안 고개를 돌려 이연을 보았다. 진심으로 이연을 걱정하는 표정이었다.

— 제 얼굴과 목소리를 전 세계가 알아요. 절 어떻게 숨기겠다는 거예요?

— 성형수술 받고 해외로 나가야 할 거야. 처음엔 좀 힘들겠지만 적응하면 괜찮아질 거야. 넌 아직 어려. 새로 시작하면 돼.

'코아를 사랑하는 사람들'이란 이름으로 만들어진 조직을 중심으로 많은 이들이 이연을 비난했다. 정부 쪽 요원들이 후에 블루스카이 시스템에 침투한 버그를 제거했으나 그 후로도 계속 문제를 일으켰다. 숨어 있던 버그가 튀어나올 때마다 오작동으로 인해 코아의 기후가 40도 폭염까지 치솟았다가 갑자기 영하 20도로 떨어지며 한겨울처럼 추워지는 일이 예고 없이 반복하자, 임시 정부는 국회를 소집해 블루스카이를 철거하기로 결정했다. '코아를 사랑하는 사람들'은 이 모든 게 이연 때문이라면서 나라를 망하게 했으니 인공섬에 처박아 지구 밖으로 날려버리라며 독설을 퍼부었다.

변호사가 그간 여러 차례 설득했지만 이연은 오늘도 단호하게 고개를 저었다. 변호사는 파랑의 집 앞에 이연을 내려주며 마음이 바뀌거나 무슨 일이 생기면 언제든 연락하라고 한 뒤 떠났다.

보모가 대문까지 마중 나와 이연을 꽉 껴안았다. 이연이 나타나기만 기다렸던 기자들의 플래시가 공격적으로 터졌다. 이연은 절대 눈물을 흘리지 않겠다고 다짐했다. 저들에게 먹잇감을 주지 않으리라. 차기 정권이 바라는 그림을 만들어주지 않으리라. 하지만 보모를 보는 순간 눈물이 터져 어린아이처럼 오열했다.

눈물로 범벅이 된 채 집으로 들어가며 휴대전화 메모장에 글을 적어 보모에게 보여주었다.

— 파랑은요?

보모가 집으로 뛰어가 파랑의 팔을 잡고 나왔다. 한쪽 팔이 잡혀 나오는 파랑은 오른팔 아래가 없었다. 이연은 심장이 툭 떨어지는 것 같았다. 각자 다른 구급차에 실려 간 이후 그간 이연은 파랑을 보지 못했다. 다시 눈물이 차올랐다. 폭동의 밤에 벌어진 사고로 파랑은 팔을 잃었고 이연은 소리를 잃었다. 소리를 죽이고 오래도록 울었다.

파랑은 이연을 한 팔로 안아주었지만 이연은 울음이 그치지 않았다. 파랑의 눈에도 눈물이 맺혔다. 눈물이 떨어지기 전 서둘러 눈을 감았다. 자신이 울면 이연은 평생 눈물이 마르지 않을 테니까.

눈물로 얼룩진 이연이 손을 움직여 파랑에게 말했다.

— 나 때문이야. 내가 블루스카이에 버그를 심겠다고 거기 남지만 않았어도….

파랑은 손을 움직이려다가 멈추었다. 한 손으로는 제대로 말을 전달할 수 없을 것 같았다. 멈춰진 파랑의 손짓을 오해한 이연이 고개를 떨구었다. 아무리 파랑이 고개를 올리라고 턱 끝을 만져도 이연은 입을 꾹 다물고 시선을 피했다.

파랑이 왼손으로 이연의 손을 꼭 잡은 뒤 방정맞게 흔들었다. 이 손으로 널 꼭 잡아줄 거라고 파랑은 말하고 또 말했다. 이연이 파랑의 입술을 읽을 때까지.

— 누누이는 왜 안 보여? 누누이한테 무슨 일 생긴 거야?

이연이 다급하게 수화로 묻자 파랑이 준비한 메모장에 펜으로 적어서 보여주었다.

— 누누이는 연구소에 있어.

이연은 당장 달려가고 싶었지만 보는 눈이 너무 많았다. 밤이 되기를 기다렸다. 기자들이 철수하고 난 뒤 보모의 신호에 파랑과 이연은 뒷문을 통해 빠져나갔다.

연구소에 도착하니 누누이는 복도 끝방에 있었다. 누누이의 몸이 어두운 철창을 향해 있었다. 이연은 누누이에게서 눈을 떼지 못했다. 누누이의 등이 미세하게 떨리는 걸 보니 말하는 중인 것 같았다. 파랑이 휴대전화 톡 창을 열어 음성인식을 켰다. 누누이가 하는 말이 휴대전화 화면에 적혔다.

— 혹시 아이스크림 먹어봤어? 아, 못 먹어봤겠다. 아이스크림이 뭐냐면, 이렇게 생겼어. 크기는 작아. 근데 작다고 무시하면 안 돼. 실은 가져오려고 했는데 놀이공원 정문을 나오기도 전에 다 녹아버렸어. 어쨌든 놀이공원에 가면 무조건 아이스크림을 먹어야 해. 바닐라랑 초코 반반으로. 꼭.

이연은 깨금발을 들어 철창 안쪽을 보았다. 세 아이가 전보다 살이 올라 있었다. 그간 파랑과 누누이가 얼마나 노력했는지 그들의 모습에서 다 느껴졌다. 모두 각자의 자리에서 고군분투하고 있었다.

블루스카이가 하늘에서 사라지자 기다렸다는 듯 산성비가 내리기 시작했다. 건물이 눈에 띄게 부식되었고 사람들은 자주 응급실로 갔다. 어떤 사람은 블루스카이의 단점을 보완해서 새로운 시스템을 만들면 된다고 주장했지만 그 의견은 소수였다. 코아 해양청에서 숨기고 있던 일들이 드러나면서 블루스카이 반대 여론이 점차 힘을 받고 있었다. '코아를 사랑하는 사람들'의 의견을 소수로 매도해버린 것은 심명근을 몰아내고 새롭게 들어선 오태원 정권이었다.

오태원은 대통령 취임식 연설에서 앞으로 코아가 나아가야 할 방향을 확실히 했다.

"기술이 발전하면 편리합니다. 하지만 엄격한 관리가 따르지 않으면 결국 재앙으로 돌아온다는 것을 우리 모두 뼈 아픈 대가를 치르고 깨달았습니다. 오늘부터 코아는 천년의 미래를 새롭게 설계하겠습니다. 우리는 바뀔 것입니다."

그로부터 얼마 뒤 코아는 전 세계 회담에 참여해서 전보다 훨씬 더 엄격해진 환경 조약에 서명했다. 사인하는 모습, 악수하는 모습, 손을 잡고 만세 하는 모습이 1면을 도배했다. 전 정권의 흔적을 지우듯 화력발전소를 퇴역시킨 자리를 재생에너지로 메우는 작업에 착수했다.

새 정권의 적극적인 행동에도 코아 국민들은 쉽게 지지를 보내지 않았다. 콜라 하나를 사려면 전기 생산 자전거를 사흘은 돌려야 한다는 말이 나올 정도로 물가가 뛰었고 이는 대통령과 정권에 대한 지지율 추락으로 이어졌다.

겨울 내내 코아 전체에 산성비가 추적추적 내렸다.

괜찮은 걸까

“설화도를 지켜내려면 너희들 도움이 필요해.”

늦은 밤 종미가 연구소로 찾아와서 말했다. 이연이 한 손으로 귀를 꾹 눌렀다. 새로 맞춘 보청기가 또 위이잉 울려댔다. 이연은 한쪽 눈썹을 위로 찍 올리고 되물었다.

“그걸 뭐하러 지켜요?”

원래 계획대로 설화도를 바닷속 깊이 매장해야 한다고 코아 국민들 사이에서 말이 많았다. 하지만 종미를 비롯한 지키들의 생각은 달랐다.

“오점을 지우듯 눈앞에서 없애버리는 건 해결책이 아니야. 다시는 그런 전철을 밟지 않기 위해서라도 보존할 필요가 있지.”

“설화도에 강제로 붙잡혔던 이들에게 그곳은 죽음의 수용소예요. 정말로 그곳이 ‘보존’되어야 한다고 생각해요?”

“설화도는 그 자체로 상징적인 곳이야.”

‘상징’이라는 말은 너무도 정치적이었다. 듣고만 있던 파랑이 입을 열었다.

“상징이든 보존이든 그걸 우리가 무슨 수로 지켜요? 정부에서 폐기하겠다고 발표하지 않았어요?"

"그건 심명근 정권이었지."

단호하게 선을 긋는 종미의 말에 이연과 파랑의 눈이 마주쳤다. 그래서 종미가 찾아온 것이었다. 새 정권에서 그들을 만나고 싶어 한다고 했다. 이연은 정치인들은 다 똑같다며 만날 필요 없다며 반대했지만, 파랑이 앞으로 연구소 아이들의 안전을 위해서라도 만나볼 필요가 있다고 주장했다.

아이들을 위한 선택을 해야 한다는 파랑의 말에 이연은 고집을 꺾었다.

다음 날 사람들의 시선을 피해 오태원이 경호원들과 함께 코아궁에서부터 지하로 연결된 통로를 통해 연구소로 찾아왔다. 오태원은 종미를 중재자로 두고 이연, 파랑, 누누이와 소장실에 앉았다.

오태원이 자리에 앉자마자 파랑이 본론을 꺼냈다.

"재판을 통해서 천군이 공정하게 처벌받도록 해주세요. 그가 한 고문과 반인륜적인 행위를 넘어가선 안 돼요."

오태원이 잠시 고민한 뒤 입을 열었다.

"말 돌리지 않고 말할게요. 그는 이미 우리에게 협조하기로 약속했어요."

"국민들은 온몸에 멍이 들었어요. 예민해져 있어서 살짝 스치는 것만으로도 고통을 느끼고 분노할 거예요. 사람들에게 분노의 먹잇감을 던져줄 건가요?"

"천군은 국민들에게 분노의 먹잇감조차 될 수 없어요. 그냥 관심 외라는 소리예요. 하지만 바람이 불면 그 죄는 수면 위로 떠오르겠죠. 명분만 충분하다면."

오태원 역시 타고난 정치인이었다. 천군 처벌 카드를 이용해 이 자리에서 그들에게 바라는 게 있었다.

이연이 몸을 테이블 앞으로 기울이며 단도직입적으로 물었다.

"설화도를 폐기하지 않는 대가로 정부에서 지키들에게 원하는 게 뭐죠?"

"그 사건 이후 코아의 국가 신뢰도는 바닥으로 떨어졌죠. 곧 바뀐 국가 신용 등급이 줄줄이 발표될 겁니다. 일각에서 블루스카이를 복원해야 하는 게 아니냐는 말까지 나오고 있어요."

"그래선 안 돼요!"

"그게 답이 아니라는 건 잘 알지만, 앞으로 코아에는 끔찍한 경제 대란이 올 겁니다. 해외기업은 물론 국내 기업들이 코아를 탈출해 다른 나라와 손을 잡고 있어요. 코아를 지키려면 희망을 선전할 새로운 상징이 필요합니다. 코아의 상징이었던 블루스카이를 이제 다른 것으로 바꿔야 하지 않겠어요?"

새 정권은 코아를 지키기 위해 새로운 상징을 원했고, 지키의 새로운 수장인 종미는 설화도를 지키고 싶어 했다. 서로의 이해관계가 맞물리는 지점이 이 연구소였다.

누누이가 주먹을 꼭 쥐고 입을 열었다.

"내가 상징이 될게요. 괜찮아, 이연. 지키들이랑 행진할 때 해봤잖아. 내가 북극곰이 되면 되는 거잖아?"

"우리가 원하는 건 누누이뿐만이 아니에요."

오태원의 말에 이연과 파랑, 누누이의 눈이 커졌다. 종미 역시 그것까지는 예상하지 못했기에 말을 더듬었다.

"설마, 끝방에 있는 아이들을 말하는 건 아니죠?"

"윤희연이 누누이와 비슷한 생명체를 또 만들었다는 걸 알 만한 사람들은 다 압니다. 보안을 철저히 한다 해도 영원히 비밀로 할 순 없을 거예요. 언제나 아이들이 우리의 미래고 희망이죠."

오태원은 시간을 줄 테니 잘 생각해보라며 일어섰다. 얼마 뒤 설화도를 폭파해서 밀봉한 후 바다 깊이 매장하겠다는 계획은 갑자기 취소되었다. 협의가 끝나지 않았는데도 오태원 쪽에서 먼저 발 빠르게 행동한 것이다. 하지만 이연은 종미를 통해 답을 보내지 않았다.

이연은 매일 파랑과 수화로 필담으로 싸웠다. 끝방에 있는 아이들이 듣지 않게 하려는 조처였다. 파랑은 언제까지고 이 지하 연구소에 숨어 있을 수는 없으니 현실적으로 생각하자고 말했지만, 이연은 누누이든 아이들이든 절대 정치인들의 이용 대상이 되게 해선 안 된다고 주장했다.

누누이가 그들 사이에 끼어들어 말했다.

"그건 우리가 정할 일이 아니야. 저 아이들이 스스로 결정해야 해."

누누이는 자신이 직접 말하겠다며 철창이 있는 방으로 들어갔다. 오랜 시간이 지난 후 복도로 나왔다. 누누이가 이연과 파랑을 향해 고개를 가로저었다.

콜라, 인형, 미신

보청기는 뭐가 잘못된 건지 계속 말썽이었다.

이연은 거칠게 보청기를 빼버렸다. 그때 등 뒤로 쎄한 느낌이 왔다. 고개를 돌려 보니, 황금 아이가 서 있었다. 깜짝 놀란 눈으로 보자 흥분한 누누이가 뒤쪽에서 손을 정신없이 움직였다. 최대한 자연스럽게!

황금 아이가 입을 뗐다가 닫았다. 이연이 황급히 보청기를 귀에 끼려다가 당황해서 떨어뜨렸고, 황금 아이가 옆으로 몸을 돌리다가 실수로 그만 보청기를 밟았다.

정적이 흘렀다. 황금 아이가 이연을 올려다보았다. 이연이 괜찮다며 황금 아이를 쓰다듬으려고 하자 황금 아이가 눈을 감고 몸을 움츠렸다. 자신을 때리려는 줄 안 것이다. 잠시 후 아니라는 것을 알았지만 분위기는 차갑게 굳어버린 후였다.

황금 아이는 쏜살같이 다시 철창으로 들어갔다. 이연이 허리를 굽혀 찌그러진 보청기를 들었다. 누누이가 와서 수화로 말했다. 아이들 중 황금 아이가 나이가 제일 많은 만큼 실험 역시 가장 많이 당한 것 같다고.

이연은 손을 움직여서 누누이에게 물었다.

— 아까 그 아이가 나한테 한 말이 뭐야?

누누이가 황금 아이가 한 말을 전해주었다. 고민 끝에 이연은 직접 철창 앞으로 갔다. 아이들은 실험실에서 벌어진 일들로 매일 악몽을 꾸고 있었고, 이연은 윤희연을 닮은 자신을 보면 아이들이 더 경기를 일으킬지 걱정돼서 그간 아이들이 지내는 철창 쪽으로 가지 않았다. 하지만 이제 용기를 내야 할 때였다.

철창 안쪽에는 인형이 가득했다. 파랑이 장을 봐 올 때마다 하나씩 사 오는 인형은 모두 하얀 아이를 위해서였다. 털이 하얀 아이는 인형을 좋아했다. 몸이 검은 아이는 구석에서 코를 골며 몸을 웅크린 채 자고 있었다.

이연은 등을 돌리고 앉은 황금 아이 쪽으로 다가갔다. 철창 안쪽으로 조심스럽게 콜라를 넣었다. 낮은 목소리로 콜라를 가져왔다고 말했다. 잠시 후 황금 아이가 콜라를 조심스럽게 가져갔다.

황금 아이는 차가운 콜라를 쥔 채 이연을 돌아보며 수화로 물었다.

— 귀가 하나도 안 들려요?

— 괜찮아. 수화가 이제 더 익숙해.

— 괜찮지 않아요.

황금 아이는 콜라를 다시 철창 밖으로 밀어냈다. 보청기를 발로 밟아 망가트렸으니 자신은 콜라를 마실 자격이 없다고 생각한 것이다. 이연은 문득 소도에서 누누이가 자신은 죽어야 한다며 자신을 나쁜 괴물이라고 했던 일이 떠올랐다.

이연은 황금 아이를 향해 소리내서 말했다.

"너희들은 나쁜 괴물이 아니야. 너희들은 하나도 잘못한 게 없어."

"…."

"누누이는 첫 실험 대상이라서 이 연구소에서 내내 혼자 자랐어. 하지만 너희들은 셋이잖아. 내가 연구원들처럼 인간이라서 미덥지 않고 싫다면 누누이에게라도 곁을 줘. 누누이는 너에게 좋은 형이 되고 싶어해. 우리 모두 형, 누나, 친구가 되고 싶어. 네가 우리를 받아들여준다면."

이연은 조건 없는 사랑을 주고 싶었다. 그 간절한 마음이 이 아이들에게도 닿기를 소망했다. 하지만 황금 아이의 눈은 전혀 흔들리지 않았다. 태어난 직후부터 그사이 얼마나 많이 연구원들에게 세뇌당한 걸까. 너무 늦은 걸까.

한참 후 이연은 콜라를 직접 따서 철창 안으로 조심스럽게 밀었다.

"뚜껑 땄어. 김빠지면 맛없을 텐데."

황금 아이는 움직이지 않았다. 이연은 그 방에서 나왔다. 몇 시간 뒤 다시 철창에 가보니 콜라 캔이 철창 밖으로 나와 있었다. 한숨을 작게 내쉬며 콜라 캔을 들었다. 무게가 가벼웠다. 입에 크게 미소가 걸렸다.

그게 시작이었다. 그날 이후 황금 아이, 하얀 아이, 검은 아이가 철창에서 나와 연구소를 돌아다녔다. 조금씩 친해지니 아이들 각각의 특징이 보였다.

하얀 아이는 인형을 정말 좋아했다. 어느 날은 파랑이 깜짝 선물이라면서 엄청나게 큰 인형을 가지고 왔다.

하얀 아이는 커다란 인형을 들고 이연에게 자랑했다.

"나아, 나만큼 커!"

— 너만큼은 아니지.

"머어리!"

이연은 이제 제법 아이들의 입술을 읽을 수 있었다. 하얀 아이는 손도 움직이면서 말했다. 늘 손에 인형이 있어서 정확한 의사소통이 어려웠지만 하얀 아이가 쓰는 어휘는 한정적이어서 알아들을 수 있었다. 연구소에는 발에 챌 정도로 인형이 많았지만 인형을 치우려 들면 난리도 아니었다.

"이 이녕은 여기 이꼬 시퍼해."

하얀 아이는 다른 아이들과 비교해 말이 유독 더뎠다.

몸털이 검은 아이는 미신에 집착했다. 빨간색으로 이름을 쓰면 죽는다. 테이블 모서리에 앉으면 안 된다. 혼자 물을 따라 마시면 그 앞사람이 재수가 없다. 앉아서 다리 떨면 복이 나간다. 온갖 미신의 대가였다.

— 왜 그런 게 중요해?

이연의 물음에 검은 아이는 눈치를 보다가 활짝 웃었다. 이연은 그럴 때마다 가슴이 아팠다. 검은 아이는 언제나 웃는 아이였다.

연구원들이 고문할 때마다 자신을 괴롭히지 말아 달라며 열심히 웃던 아이였다. 실험실에 남은 캠코더를 통해 그들의 영상을 확인했을 때 숨이 쉬어지지 않을 만큼 괴로웠다.

검은 아이는 모두를 두려워했고 그럴 때마다 자신이 할 수 있는 최대한으로 예쁘게 웃었다. 예쁘게 웃으면 모든 게 괜찮아질 거라는 믿음으로.

— 365일 활짝 피어 있는 꽃은 조화밖에 없어. 네가 짜증 내고 화내고 툴툴대도 우리는 널 사랑할 거야. 아무도 널 다치게 하지 않아. 우리가 그렇게 두지 않아.

검은 아이는 이연을 올려다보며 또 웃었다.

코아를 사랑하는 사람들

새해가 밝았다.

바깥을 지키던 정부 요원들도 철수한 지 오래였다. 하지만 누누이, 파랑, 이연, 아이들은 오늘도 연구소 안이었다. 설을 맞아 이연이 떡국을 한솥 끓이고 있었다.

— 다 됐어?

누누이가 수화로 물었다. 이연은 아직이라면서 지단을 솜씨 좋게 칼로 썰었다. 밥 먹을 때 그들은 꼭 철창으로 들어갔다. 그러지 말라고 말려도 소용없었다.

다시 들어가지 못하도록 해야겠다면서 그들이 모두 나온 사이 파랑이 철창문을 잠근 적이 있었다. 철창 안으로 들어가지 못하게 되자 검은 아이가 밤새 훌쩍거렸고 하얀 아이는 인형을 안은 채 몸을 앞뒤로 반복적으로 움직였다. 동생들의 모습을 본 황금 아이가 철창을 열어달라고 거칠게 봉을 잡고 흔들었다.

몇 시간 만에 누누이가 파랑에게서 열쇠를 가져와 다시 철창문을 열어주었다. 파랑은 안타까운 마음에 한숨을 삼켰다. 앞으로 나아가는 것 같았는데 다시 제자리였다.

누누이는 먹을 때뿐 아니라 잠을 잘 때도 철창 안으로 들어가서 그들과 함께했다. 무슨 일이 있어도 앞으로 너희들과 함께할 거라는 걸 매일매일 행동으로 보여주었다. 하지만 이연은 그 모습에 때로 가슴이 무거웠다.

떡꾹이 끓을 동안 이연이 누누이를 붙잡고 손으로 말했다.

— 먹는 것만 주고 넌 철창 밖으로 나오면 안 돼?

— 왜?

— 그냥. 설이잖아.

— 설날이니까 더 같이 있어 줘야지. 그 안에서 셋이서만 있으면 왠지 철창에 갇힌 것 같을 거야.

이연은 가스레인지 불을 약하게 조절한 뒤 다시 말을 이었다.

— 그럼 잘 때만이라도 나와서 자. 응?

— 왜?

— 잘 때만큼은 너도 좀 편히 지냈으면 좋겠어. 네 마음은 알지만 24시간 붙어 있지 않아도 되잖아.

— 내가 원해서 하는 일이야.

누누이는 단호하게 손을 움직였다. 이연은 가스레인지 불을 끈 후 누누이를 똑바로 바라보며 거칠게 손을 움직였다.

— 어젯밤에 자다 깨서 화장실 가다가 우연히 철창 안을 봤어. 네가 악몽을 꾸는지 또 몸을 떨고 있더라. 연구소에 다시 와서 지내는 것만으로도 너한테 엄청난 스트레스야. 아무리 저 아이들을 위한 거라고 해도 철창까지 들어가서 생활하는 건….

— 난 괜찮아. 난 네가 있잖아.

누누이는 씨익 웃고는 직접 떡국을 그릇에 옮겨 담고는 쟁반을 가지고 철창으로 향했다. 파랑이 무슨 일이냐며 부엌으로 와서 물었지만 이연은 입을 꾹 다문 채 대답하지 않았다.

"새해인데 분위기가 왜 이래. 떡국이 맛없구나?"

이연은 실없는 소리 말라며 파랑에게 떡국을 담은 그릇을 턱 주었다. 파랑은 피식 웃으면서 우리도 밥 먹자며 식탁 의자를 빼서 앉았다. 지하 연구소의 괴괴한 분위기를 바꿔보겠다며 파랑이 패드를 가져와 식탁 한쪽에 세웠다.

실시간 뉴스를 틀자 대통령 신년인사가 끝나고 기후 대책 발표가 이어졌다.

"우리는 태양 에너지의 극히 일부만을 사용합니다. 일 년 내내 지구에 도달하는 태양 에너지의 한 시간 치도 다 쓰지 못하고 있습니다. 그 에너지를 사용할 방법을 찾겠습니다. 코아는 태양과 함께 할 겁니다."

오태원 정권이 새롭게 선택한 상징은 태양이었다. 태양 전지판의 가격을 인하해서 보급률을 1,000퍼센트 더 늘리겠다고 공언했다. 전 정권의 파란색에 맞서듯 노란색을 꺼내 들었다.

기후 대책 발표가 끝나고 기자들의 질의응답이 이어졌다. 맨 끝에 앉은 기자가 손을 들었다.

"겨울이 왔는데도 눈이 내리지 않고 있습니다. 그 빈자리를 채우듯 산성비 강우량이 더 늘었죠. 이 사태를 수습하기 위해 정부에서는 어떻게 준비 중입니까?"

블루스카이가 사라진 하늘에서는 죽음의 비가 내리고 있다. 뉴스에서는 연일 그 이야기였다. 자극적인 표제와 우중충한 사진은 기묘한 조화를 이루었다.

대변인이 마이크를 붙잡고 항간에 나도는 소문과 달리 제2의 블루스카이는 없다며 준비된 답변을 했다. 그것으로 모든 질의가 끝났다.

이연은 어차피 하늘에서 내려올 게 산성눈이라면 설화도에서의 지옥이 코아 전 지역에 되풀이되지 않는 편이 낫겠다고 생각했다. 코아 국민들은 산성비로 충분히 고통받고 있으니까.

설거지를 하는데 갑자기 뒷덜미에 소름이 돋았다. 난방이 꺼졌나. 고무장갑을 빼고 뒷목을 쓸어내리는데 코를 찌르는 악취가 났다. 몸을 돌려 보니 복도에서 파랑이 누군가와 싸우고 있었다.

이연이 긴급 호출 버튼을 누른 후 프라이팬을 들고 뛰어나갔다. 남루한 차림의 남성이 파랑을 공격하고 있었다. 파랑이 힘이 들어가지 않는 의수 대신 한 팔로 그를 막으면서 입을 벌렸다. 아이들에게 가라는 것이다.

이연은 철창이 있는 방으로 뛰었다. 그곳에 두 명이 더 있었다. 철창 안의 아이들이 서로를 꼭 붙잡고 있었고 누누이가 손을 벌려 그들이 철창으로 들어가지 못하게 막고 있었다.

"저리 꺼져!"

이연은 손에 든 프라이팬으로 그들의 머리를 힘껏 후려쳤다. 남성 중 하나가 쓰러졌다. 그때 누누이가 달려와 급하게 다른 사람 위로 몸을 날렸다. 엎치락뒤치락하는 사이 지키들이 도착했다.

세 명의 몸을 결박한 후 정부 요원들이 도착하기를 기다렸다. 파랑은 윤희연 쪽과 거래하던 자들이 보낸 사람이라고 의심했지만, 이연은 정부 쪽에서 보낸 것이 분명하다고 흥분했다. 조사 결과 그들은 윤희연 쪽도 정부 쪽도 아니었다. 굳이 소속을 밝히자면 '코아를 사랑하는 사람들'이었다. 이연은 새로 맞춘 보청기를 끼며 소리를 높였다.

"말도 안 돼요. 코아를 사랑하는 사람들 단체는 없어진 거 아니었어요? 대체 여긴 왜 온 거래요?"

"자신들이 이렇게 된 게 모두 너희들 때문이라고 생각한 거지. …괴물들 때문에 모든 게 망했다고."

이연은 '괴물들'이란 표현에 몸이 굳었다. 파랑과 누누이가 정부 요원과 말하는 사이 이연은 철창이 있는 방으로 향했다. 떡국이 다 쏟아져 있었다. 이연은 깨진 그릇을 조심조심 치웠다.

황금 아이가 이연의 어깨를 검지로 두드렸다. 황금 아이가 굳은 표정으로 물었다.

"우리를 죽이려고 온 거예요?"

"죽이려던 건 아니었을 거야. 화가 나서 분풀이하러 온 것 같아."

"우리가 코아의 상징이 되지 않겠다고 해서 화가 난 거예요?"

"그것과 상관없어. 오늘 일은 절대 너희들 탓이 아니야."

황금 아이가 철창 밖으로 손을 뻗어 깨진 그릇을 치우는 이연의 손을 잡고 물었다.

"알고 싶어요. 밖은 어떤지. 설화도는 왜 생겼는지. 저 사람들은 왜 저렇게 화가 났는지. 다 알려줘요."

이연은 황금 아이 뒤에서 서로를 껴안고 있는 하얀 아이와 검은 아이를 보았다. 이연은 아주 오래전 이 모든 것이 처음 시작되었을 때부터 이야기를 해주었다. 모든 이야기가 끝난 뒤에도 황금 아이는 얼굴에 표정이 없었다. 하얀 아이와 검은 아이도 말이 없었다.

어느새 다가온 누누이가 철창 안으로 손을 뻗어 황금 아이의 팔을 잡고 말했다.

"다신 오늘 같은 일이 없게 할 거야. 더 철저하게 여기를 지킬 거야. 너희는 이곳에서 안전해. 약속할게."

잔해를 치우기 위해 온 파랑 역시 쓰레기봉투에 파편들을 담으며 고개를 끄덕였다. 하지만 철창 안에서 황금 아이는 아무 말도 하지 않은 채 바닥만 보았다.

한참 후 황금 아이가 고개를 들고 그들을 보며 물었다.

"우리가 계속 여기 있어도 돼요? 언제까지요? 그러는 게 맞아요?"

파랑, 누누이, 이연은 아무 대답도 하지 못했다.

왜 꼭 거기

"설화도로 가고 싶어요."

황금 아이가 모두에게 말했고 하얀 아이와 검은 아이는 황금 아이와 생각이 같다며 고개를 끄덕였다. 이연은 거기만은 절대 안 된다며 반대했지만, 파랑은 이 연구소를 벗어나는 것이 좋겠다며 찬성했다. 오랜 고민 끝에 누누이는 그게 어디든 이연과 함께하겠다고 했다. 결정의 공은 이연에게로 돌아왔다.

이연은 생각했다. 모두 한 고집하는 성격이었다. 지금 이대로라면 세 아이는 파랑과 설화도로 갈 것이고, 이연과 누누이는 지하 연구소에 남을 게 뻔했다. 파랑은 이연을 보고 있었고 이연은 누누이를 보았다. 누누이의 눈은 황금 아이, 하얀 아이, 검은 아이를 향해 있었다.

이연이 마음을 굳게 먹고 입을 열었다.

"파랑 말대로 여길 나가자. 너무 오래 있었어. 더는 안전하지도 않고. 근데 세상은 넓어. 코아만 해도 지하 연구소와 설화도만 있는 게 아니야. 지키들과 의논해서 다 함께 제3의 장소를 찾아보자."

"설화도로 가야 해요."

황금 아이가 고개를 가로저으며 단호하게 말했다. 이연은 보청기를 귀 안쪽으로 더 깊숙이 넣으며 미간을 찌푸렸다.

"왜 꼭 거기로 가겠다는 건데?"

"…."

"우리끼리 지낼 섬이 필요한 거라면 그런 곳은 설화도 말고도 많아."

"꼭 설화도여야 해요. 거기 아니면 싫어요."

황금 아이는 그 후로 대화를 거부했다. 하얀 아이와 검은 아이도 황금 아이를 따라 다시 철창 안으로 스스로 들어갔다. 그들은 누누이와의 대화도 거부했다. 불편한 침묵이 몇 달이고 계속되었다.

이연은 때때로 지하가 답답해서 연구소 건물 위 옥상으로 향했다. 그곳에서 한 번씩 크게 숨을 몰아쉬었다. 파랑이 이연의 옆으로 다가와 콜라를 내밀었다.

이연이 콜라를 따지 않은 채 쥐고 어두운 하늘을 보며 말했다.

"나는 설화도가 싫어."

"나도 싫어. 근데 지하 연구소는 더 싫어. 얼마 전까지만 해도 안락한 지하 아지트 같았는데, 이제 아무도 대화도 하지 않으니까 꼭 지하 무덤 같아."

파랑의 눈은 사람들이 북적이는 도시로 향해 있었다. 산성비가 내리지 않을 때면 도시는 다시 예전처럼 활기를 띠었다. 차가 경적을 울렸고 간판에서 쏘아지는 불빛들이 화려하게 수놓아져 있었다.

파랑은 도시를 내려다보며 말을 이었다.

"우리는 지하가 답답하면 이렇게 옥상에 나와서 바깥바람도 쐬고 달도 보고 다 할 수 있잖아. 근데 아이들은 해도 달도 본 적이 없어. 한 번도 나온 적이 없으니까."

"…."

"밖을 보여주자. 그것만 생각하자. 응?"

환풍기 시설이 아무리 잘 되어 있다고 해도 지하는 지하였다. 해도 달도 동영상으로 보여줄 수 있지만 진짜는 아니었다. 이연 역시 아이들에게 진짜를 보여주고 싶었다. 이연은 고개를 끄덕였다.

행정 절차는 보름 정도 걸렸다. 정부의 허가를 받는 과정에서 잡음이 많았다. 얼마 전 신년인사에서 태양을 새 정권의 상징으로 삼아놓고는 그들이 설화도로 옮기겠다고 하자, 방송국과 연계해 다큐멘터리로 찍어 전 세계에 방영하고 싶어했다.

전 정권이 은밀히 기업과 손잡았다면 이번 정권은 방송을 적극적으로 활용했다. 이연은 다큐든 리얼리티든 방송을 강권하면 국제 보호 단체에서 아이들의 안전을 약속한 곳이 많다면서 제3국으로의 망명도 고려하겠다며 으름장을 놓았다.

줄다리기 끝에 이연의 고집이 이겼다. 방송 없이 설화도로 가기로 했다. 하지만 정부에서도 설화도 거주권 갱신은 일 년마다 협의하기로 조건을 달았다. 정부에서는 갱신권을 빌미로 방송 카드를 다시 들이밀 생각이었다. 하지만 이연은 설화도에 오래 있을 생각이 없었기 때문에 바로 계약서에 사인했다.

달이 없는 밤, 해저터널을 통해 그들은 설화도로 향했다. 천군의 밀실로 올라오자 이연은 감회가 복잡했다. 아이들이 화재로 흉물처럼 뼈대만 남은 천궁을 돌아다니는 동안 종미가 지키들과 함께 식료품들을 옮기면서 물었다.

"천궁이 엉망이어서 한동안 텐트 생활해야 할 텐데 괜찮겠어?"

"저 집 있는데요?"

종미가 상자를 든 채 놀란 얼굴로 보자 이연이 멋쩍게 웃으며 말했다.

"여기 섬 전체에 집 많아요. 오랫동안 비워뒀으니까 손 좀 봐야겠지만."

"거긴 안 돼. 지키들이 사다리 타서 다 찜해 놨어."

종미의 태연한 반응에 이연은 놀라서 잠시 말을 잇지 못했다.

"설마 너희만 여기서 지낼 거라고 생각한 거야? 서운한데?"

이연이 대답할 말을 찾지 못한 사이 지키들은 착착 움직이며 짐을 풀었다. 파랑이 새로 맞춘 로봇 의수가 어떠냐며 손가락을 빠르게 접었다 펴며 누누이에게 자랑했다.

그사이 어디로 간 건지 아이들이 보이지 않았다. 짐을 옮기다 말고 지키들 모두가 아이들을 찾아 나섰다. 원범은 덩치가 커서 어디 숨을 수도 없을 거라며 걱정하지 말라고 했지만, 지키들이 나눠

서 온 집을 뒤져도 세 아이는 보이지 않았다.

"갈 만한 곳은 다 찾아봤는데 왜 안 보이지? 태주한테 무전기로 연락해 봐."

파랑에게서 아이들을 찾았다고 무전기로 연락이 왔다. 종미와 이연은 연락을 받자마자 바로 소도로 달려갔다. 소도 주변에 처진 금줄이 바닥에 떨어져 있었다. 잡아챈 것 같았다.

발자국을 따라 위로 올라가 보니 산꼭대기에 아이들이 있었다. 하얀 아이가 바닥에 가득한 검은 돌멩이들을 산 밑으로 던지고 있었고, 황금 아이가 바닥에 숨겨진 거대한 스피커 위로 커다란 바위를 떨어뜨려 깨부쉈고, 검은 아이는 바닥을 파서 전깃줄을 손으로 잡아채고 있었다. 그 모습에 파랑과 이연이 동시에 달려가 검은 아이를 막았다.

"전기는 그렇게 하면 큰일 나!"

검은 아이는 소도 금줄을 끊어냈듯이 무조건 힘으로만 하려고 들었다. 종미가 지금은 설화도에 전기가 끊겼으니 괜찮을 거라며 파랑과 이연을 안심시켰다. 말리는 게 잠시 주춤해지자 검은 아이가 단숨에 이빨로 전깃줄을 끊어냈다.

그 모습을 뒤쪽에서 멍하니 서서 누누이가 보고 있었다.

"그래서 설화도로 오자고 한 거야?"

누누이는 그들과 친해지고 싶어서 식사할 때와 잘 때 철창 안으로 들어가 함께 지냈다. 그런데 누누이는 잘 때 기괴한 버릇이 있었다. 누누이가 왜 밤마다 사시나무처럼 몸을 떠는지 아이들은 그 이유를 알지 못했다.

코아를 사랑하는 사람들이 연구소에 침입한 이후 설화도에 대한 모든 이야기를 듣고 나서야 알게 되었다. 누누이가 밤마다 소도에서 춤추던 악몽을 꾸고 있다는 것을. 기괴한 몸짓이 전기 충격에 의한 춤이었다는 것을.

황금 아이가 스피커들을 다 부순 후 허리를 세우고 누누이를 보며 말했다.

"이제 더는 악몽 안 꿀 거야. 우리가 여길 엉망으로 만들었으니까. 괜찮아."

끝에서 다시

그게 시작이었다.

지키들은 설화도를 원 상태 그대로 보존하겠다는 생각을 버렸다. 흉물스러운 천궁은 해체해서 뼈대까지 철거한 뒤 그 자리에 인공나무들을 심기 시작했다. 인공나무를 심는 곳은 천궁에서 시작해서 점점 섬 전체로 넓혀갔다.

파랑은 아침부터 밤까지 나무들을 심고 돌보았다. 종미의 제안으로 마법의 눈을 설치해서 인공나무들이 각각의 환경에서 어떻게 자라는지 세밀하게 기록했다. 인공나무가 땅에 적응하고 자라는 과정은 '설화도' 사이트에서 무료로 공개되어 전 세계 누구나 볼 수 있었다.

인공나무는 생장 기간이 길지 않았다. 아무리 좋은 흙을 퍼다 주어도 산성비 속에서 몇 달을 넘기지 못했다. 어렵게 키운 나무가 하나둘씩 죽어가는 걸 볼 때마다 지키들은 말이 없어졌다.

밑 빠진 독에 물을 붓는 것에 지친 태주가 어두운 얼굴로 제안했다.

"일단 온실 속에서 인공나무를 키우는 게 어때? 성과는 있어야지."

"다른 나라들에서도 인공나무 실험을 시작했어요. 온실에서 성공한 곳도 곧 나오겠죠. 우리는 산성비가 내리는 설화도 환경에서 인공나무가 자랄 수 있게 만드는 게 중요해요."

파랑의 말에 종미가 다시 힘을 내보자며 지키들의 어깨를 두드렸다. 이연 역시 파랑을 도와 인공나무 배양에 힘썼다. 하지만 도우려는 마음과 달리 이연은 성격이 급했다. 덤벙거리다가 세포 배양 접시를 또 깨뜨리고 말았다.

"심연! 조심 좀 하랬잖아. 빨리하는 게 중요한 게 아니라니까!"

파랑에게 한참 잔소리를 듣는데 누누이가 불퉁거리며 새로 지은 연구소로 들어왔다. 그 모습에 이때다 싶어서 이연은 손을 번쩍 들며 아는 척을 했다.

"누누이! 무슨 일 있구나? 그래, 내가 가서 도와줄게."

이연은 달려가 누누이의 어깨에 팔을 둘렀다. 파랑의 잔소리는 한 번 시작되면 영화 한 편 끝날 때까지 계속됐다. 이연은 연구소 밖으로 나오면서 구시렁거렸다.

"하여간에 일할 땐 완전 재수 없어. 지 혼자만 예민 보스지 아주. 나무들한테 하는 거 반만 친절하면 좀 좋아. 아우 짜증 나."

"접시 또 깨 먹었다며? 이연이 잘못한 거잖아."

누누이의 지적에 이연은 새초롬하게 누누이를 쳐다보며 말했다.

"내 얘기 안 들어줄 거면 넌 나한테 왜 왔는데? 애들이랑 또 싸웠어?"

"아우, 짜증 나. 개네들 진짜 내 말 하나도 안 들어."

누누이는 발을 굴렀다. 이번엔 또 무슨 일이냐며 해안가로 걸으며 이연이 물었다. 누누이는 물어봐 주기만 기다린 듯 조잘거렸다.

"내가 이제 너희들도 이름을 정하자고 했거든. 계속 털 색깔을 따서 황금이, 하양이, 까망이 이러고 부를 순 없으니까."

"둘째, 셋째, 넷째는 여전히 별로래?"

"숫자는 완전 싫대. 그래서 누 자 돌림으로 누빈, 누리, 누희 같은 거 어떠냐고 했더니 왜 자신들 이름을 성의 없게 짓냐는 거야."

"뭐야. 그럼 스스로 이름 지으라고 해. 저번에 그러기로 하지 않았어?"

"내 이름처럼 '특별한 사건'이 있어야 한대. 아무 사건도 없이 이름 짓는 건 자존심 상한대."

말이 어눌한 이연의 표현을 오해해서 만들어진 누누이의 이름이 그들에게는 특별해 보인 것이다. 이연은 오래전 그날이 떠올라 웃음이 나왔다. 화를 내던 누누이도 이연이 웃자 피식 웃음이 터졌다.

그들은 해변에 나란히 앉아 밀려왔다 다시 뒤로 빠지는 파도를 보았다.

"놀이공원 아이스크림 그립지 않아?"

"이연이 놀이공원에서 기계 사 와서 아침마다 해주잖아."

"옛날 그 맛은 안 난다며? 그건 놀이공원에 직접 가야 나는 맛이잖아."

"우리 설화도에 놀이공원 만들까?"

누누이가 눈을 반짝반짝 빛내며 물었다. 이연이 몸을 부르르 떨며 식겁했다.

"아이스크림 맛있게 먹자고 여기다 놀이공원을? 저 인공나무들 다 뽑고? 파랑이 그 소리 들으면 잔소리 코스가 3박 4일은 갈걸? 으."

"그렇겠다. 에잇, 저 나무들 빨리 좀 자라지. 꾸물꾸물 느려 가지고는."

이연은 요즘 파랑이 나무들 하나하나에 이름 붙이는 거 알고 있냐며 구시렁거렸다. 누누이도 아이들 이름 때문에 스트레스 받는다면서 머리털을 쥐어뜯었다. 꿍얼꿍얼 속에 있는 말을 다 털어놓고 나니 둘은 기분이 좀 풀렸다.

누누이가 키가 자라다 만 나무들을 보며 안타까운 목소리로 말했다.

"언제쯤 나무들이 자랄까. 애들 크는 것처럼 쑥쑥 좀 자랐으면 좋겠는데."

"산성비 맞으면서 자라는 거잖아. 티가 안 나서 그렇지, 쟤들도 속에서 엄청 애쓰고 있을 거야."

"이연은 그게 다 느껴져?"

"응. 다 들려."

이연이 확신에 차서 말하며 누누이를 쳐다보았다. 잠시 후 누누이는 씨익 웃으면서 붉은 눈으로 나무들을 보며 명랑하게 말했다.

"나도 다 보여. 진짜 노력 중이래. 그러니까 조금만 기다리래."

이연이 누누이의 어깨에 머리를 기댔다. 누누이 역시 고개를 옆으로 기울인 후 하늘을 보며 말했다.

"아까 영상에서 봤는데, 북쪽에는 추운 겨울에도 쑥쑥 자라는 나무가 많대. 눈 속에서 피는 꽃도 있고."

이연은 머리를 떼고 누누이를 보았다. 누누이는 계속 하늘만 보고 있었다.

"이제 눈은 안 오는 걸까."

"눈이 왔으면 좋겠어?"

누누이는 고개를 내려 바닥을 보며 고개를 가로젓다가 이내 다시 고개를 끄덕였다. 이연은 미간을 좁힌 채 가라앉은 목소리로 물었다.

"왜? 설화도에서 눈은 널 아프게 했잖아. 모두 아팠잖아."

이연과 누누이는 매일 아침 약을 먹고 있었다. 약을 먹는다고 검어진 손가락 끝이 다시 색이 돌아오진 않았지만, 멍은 사라지게 할 수 있었다. 그 약은 평생 달고 살아야 했다. 이연 역시 가끔 이유 없이 코피가 흘렀다.

누누이가 바닥을 보며 조그맣게 말했다.

"영상에서 봤는데 예전에는 눈이 나쁘지 않았대. 사람들은 눈이 오면 눈사람도 만들고 눈을 뭉쳐서 눈싸움도 하고 놀았대. 그때는 눈이 착했나 봐."

이연은 어렸을 때가 떠올랐다. 모두 눈이 오는 겨울을 기다렸다. 아이고 어른이고 겨울이 오면 놀이공원에 가서 눈썰매도 타고 신나게 놀았었다. 그랬기에 처음 실험실에서 작은 털북숭이를 본 날, 이연은 천장에서 눈이 떨어지자 신나게 춤을 추며 누누이라고 소리친 것이었다. 오래전 그날이 아득히 멀게 느껴졌다.

누누이 어깨에 다시 머리를 기대며 하늘을 올려다보았다. 코끝을 스치는 바람은 차가웠고 하늘에는 구름이 잔뜩 끼어 있었다. 또 다시 산성비가 내리려는 것일 수도 있었고 어쩌면 눈이 내릴 수도 있었다.

스르르 눈을 감고 꿈을 꾸듯 말했다.

"놀고 싶다. 다 같이."

누누이는 이연과 함께 오래도록 기다렸다. 하늘에서 눈이 오기를.

작가의 말

누누이가 행복했으면 좋겠다!

주인공 이연이 그러하듯 저 역시 누누이가 진정으로 행복하기를 바랍니다. 우리는 우리 인생의 주인공입니다. 그리고 저마다의 삶 속에서 치열한 고민을 하며, 목표를 향해 바쁘게 움직이고 있지만… 누누이는 좀 다릅니다.

자신이 제 인생에서 주인공이라고 생각할 기회조차 가지지 못한 존재이지요. 하루하루 주먹밥을 얼마나 아껴 먹어야 버틸 수 있을까 고민할 뿐입니다. 인생의 목표는 놀이공원에 꼭 취직해서 소프트아이스크림을 매일 먹을 수 있게 되는 것이죠.

이런 소박한 삶을 바라는 누누이에게 가슴이 꽉 차오르도록 행복한 결말을 선사하고 싶었습니다. '코아 편'은 오롯이 누누이를 위해 집필했습니다.

의욕적인 마음과는 달리, 누누이가 행복으로 가는 과정을 그리는 건 순탄치 않았습니다. 『예티와 나』 1권인 '설화도 편'이 출간될 때까지만 해도 제가 5년 전에 쓴 초고와 거의 바뀐 게 없었습니다. 새롭게 덧붙인 프롤로그와 과거 회상 정도가 추가되었지요.

문제는 후반부였습니다. 2권 중반부에 장령이 준비한 미사일이 나오면서 저는 고민에 빠졌습니다. 클라이맥스에 해당하는 사건이라 힘주어 썼지만 콕 집어 설명할 수 없는 무언가가 내내 마음에 걸렸습니다. 이렇게도 써보고 저렇게도 써보며 혼자 수차례 고치는 사이 계약이 이루어졌습니다.

1권이 출간된 작년 여름까지만 해도 쳇바퀴를 도는 느낌이었는데, 지난 가을 편집자님이 메일로 미사일 장면에 대해 핵심을 찌르는 한마디를 던져주셨습니다. 그제야 제 머릿속을 짙게 둘러싸고 있던 안개가 걷히면서 비로소 새로운 이야기가 떠올랐습니다. 이 이야기를 오랜 시간 함께 고민해준 이동하 편집자님께 감사의 말씀을 지면으로 에둘러 전합니다.

『예티와 나』 시리즈는 파랑과 종미를 비롯한 지키들이 부조리한 세상과 부단히 싸워나가는 모습을 통해 기후 위기와 환경 오염의 심각성을 그리고 있습니다. 소외되고 외로운 이들이 서로 힘이 되어주면서 희망의 씨앗을 싹 틔우면서 위기가 극복됩니다. 독자분들께 전하고자 했던 제 생각이 잘 도착했는지는 모르겠습니다. 작품을 마무리 지어야 하는 순간이 다가오면, 설렘과 함께 걱정이 한가득 차오릅니다.

주인공 이연은 소설 속에서 내내 포기하고 싶은 순간과 마주합니다. 하지만 누누이와 함께 행복해지고자, 다시 부딪쳐보겠다고 용기를 냅니다. 우리가 하나뿐인 지구를 지키고, 극심한 기후 위기를 해결해야 하는 이유도 이와 같지 않을까요? 우리가 사랑하는 소중한 이와 오래도록 행복하고자 하는 이유 말입니다.

마지막으로, 지금 세상 어딘가에서 스스로 실패작이라고 느끼며 움츠리고 있을 또 다른 누누이에게 전하고 싶습니다. 우리가 손을 내밀어 함께한다면 세상은 아주 조금씩 변할 테니, 포기하지 말고 다시 또 훌훌 털고 일어나 앞으로 나아가기를 바란다고요. 멀리서 이 글을 읽고 있을 당신을 열렬히 그리고 뜨겁게 응원하겠다고요.

우리가 건네는 다정함이 세상을 바꿀 거라고 믿으며.

2025년 3월

김영리